駢文選析

胡楚生 編著

臺灣學生書局 印行

新版自敘

「柳文選析」一書，於民國七十二年，由華正書局印行，目的在於引領青年學子，欣賞古文作品，學習古文寫作，同學於柳文作品，講解吟誦、熟讀深思之餘，初習古文寫作，不免尚顯生澀拼湊之跡，但經刪削改訂、討論得失、習作數篇之後，往往即能見其迅速之進步，以至斐然成章者，亦多有之，其於習者教者，咸有莫大之鼓舞在焉。

近年以來，華正書局結束營業，「柳文選析」一書，乃轉請學生書局，繼續印行，以供雅愛古文者，閱讀之用，茲謹略記始末，兼亦誌其感謝之忱云爾。

民國一〇七年四月二十日　胡楚生謹識

自敍

南園居與大西側，長約百步，寬若減半，中有假山，累石為之，四周嘉木異卉，據地而列布，蓮池石亭，映佇左右，景物雋秀，冠於遠近，出園門，東行數十步，湖水盈盈，形似海棠，掩翳於青樹柳蔓之間，每值朝曦漸開，曉霧將歇，澄潭染碧，波光粼粼，白鵝三兩隻，悠然浮遊，與人相親，及乎夕日欲頽，暮靄初陳，岫嵐數色，清泓映霞，而沉鱗競躍於綠波之中，蔚為奇趣矣，沿湖濱北行二百步，黌舍崔巍，崇樓嵯峨，則文院師生研習之所也，躋而登之，遠覽山容，奇峯插雲，近觀花木，烟翠欲滴，游息於斯，誠可以寧夷心志、清朗氣宇、進修德業者矣，昔者柳公子厚，恣情山川，能假飛泉峭壁之勢，滌盪胸懷，巖穴邱壑，亦託柳公之辭，攄發幽奇，是以柳公之與山水，相得益彰，傳頌至今，比年以來，余輒取柳公之文，課諸生而讀之，南園湖畔，偃仰徊翔，朝諷夕誦，目游心想，而於柳公所記之佳山水，亦不能無所忻慕嚮往之情存焉，至於其林泉之好，觀賞之樂，則將俟諸於異日華夏重光之攬轡登臨者也。

中華民國七十二年歲次癸亥九月二十九日胡楚生識於國立中興大學中文系

凡例

一、余既纂「韓文選析」，以供學子誦習，乃復纂為茲編，所選柳公之文，凡四十首，至其內容，則以山水遊記、寓言小傳為之主，而以古籍辨義、書說贈序為之輔焉。

二、新舊唐書之中，柳公本傳，詳略之際，頗有殊異，茲編仍並加錄出，以供參稽。

三、柳公年譜，茲編所錄，義取簡約，僅參考文安禮氏柳先生年譜、羅聯添先生柳宗元事蹟繫年，折衷而成，至於年譜中所錄柳公作品，則仍以茲編已選錄者為主，以供誦習柳文之助。

四、柳公之歿，劉禹錫既為之編定遺集，復為之撰著序文，而嚴有翼氏所撰柳文之序，亦能於柳集經緯、柳文大要，有所闡明，故一併迻錄編首，以見柳集之流傳焉。

五、諸家評論，其涉於柳文之大體，通論柳文之義趣者，亦撮集於前，輯為「綜評」，以見柳文之指撝。

六、柳公行文，喜用僻字澀典，茲編於注釋部分，或稍加繁，以為學子誦習之資。

七、坊間有古典文學研究資料「柳宗元卷」之輯，網羅柳集評論，差堪完備，羅聯添先生復為之分繫門類，益便觀覽，茲編「析評」部分，多取二書為據，然亦間有溢出二書之外者，讀者剌取二書覆按，可以概見，至於一得之愚，忝附於諸家之後者，則仍以「今案」別之。

八、柳公歿後，韓文公為撰墓誌祭文，而劉禹錫亦嘗撰祭文兩篇，二公之作，非唯情義充溢，足以見彼此之交誼，亦可假之以知人論世，從而知柳公之人格焉，故皆附於編末，以供省覽。

九、自來論柳文之特徵者，或鑽研過深，或所涉膚泛，求一能於柳文佳處，評析中肯，繁簡適中，如義寧陳氏之論韓公者，竟不可得，姑不得已，剌取胡懷琛所撰小文一節，以為導引學子誦習柳文之津梁，附於編末。

十、柳文「析評」部分，徵引諸家，為省複重，正文之後，僅列名氏，附編之末，則略依姓氏，更為簡表，注明資料來源，以供參稽對照。

柳文選析　目次

前編

正編

附編

舊唐書柳宗元傳

柳宗元字子厚，河東人。後魏侍中濟陰公之系孫。曾伯祖奭，高宗朝宰相。父鎮，太常博士，終侍御史。宗元少聰警絕衆，尤精西漢詩騷。下筆構思，與古為侔。精裁密緻，璨若珠貝。當時流輩咸推之。登進士第，應舉宏辭，授校書郎，藍田尉。貞元十九年，為監察御史。

順宗即位，王叔文、韋執誼用事，尤奇待宗元。與監察呂溫密引禁中，與之圖事。轉尚書禮部員外郎。叔文欲大用之，會居位不久，叔文敗，與同輩七人俱貶。宗元為邵州刺史，在道，再貶永州司馬。既罹竄逐，涉履蠻瘴，崎嶇堙厄，蘊騷人之鬱悼，寫情敘事，動必以文。為騷文十數篇，覽之者為之悽惻。

元和十年，例移為柳州刺史。時朗州司馬劉禹錫得播州刺史，制書下，宗元謂所親曰：「禹錫有母年高，今為郡蠻方，西南絕域，往復萬里，如何與母偕行。如母子異方，便為永訣。吾與禹錫為執友，胡忍見其若是？」即草章奏，請以柳州授禹錫，自往播州。會裴度亦奏其事，禹錫終易連州。

柳州土俗，以男女質錢，過期則沒入錢主，宗元革其鄉法。其已沒者，仍出私錢贖之，歸其父母。江嶺間為進士者，不遠數千里皆隨宗元師法；凡經其門，必為名士。著述之盛，名動於時，時號柳州云。有文集四十卷。元和十四年十月五日卒，時年四十七。子周六、周七，纔三四歲。觀察史裴行立為營護其喪及妻子還於京師，時人義之。

史臣曰：貞元、大和之間，以文學聳動搢紳之伍者，宗元、禹錫而已。其巧麗淵博，屬辭比事，誠一代之宏才。如俾之詠歌帝載，黼藻王言，足以平揖古賢，氣吞時輩。而蹈道不謹，昵比小人，自致流離，遂隳素業。故君子群而不黨，戒懼慎獨，正為此也。韓、李二文公，於陵遲之末，遑遑仁義，有志於持世範，欲以人文化成而道未果也。至若抑楊、墨，排釋、老，雖於道未弘，亦端士之用心也。

贊曰：天地經綸，無出斯文。愈、翺揮翰，語切典墳。犧雞斷尾，害馬敗群。僻塗自噬，劉、柳諸君。

新唐書柳宗元傳

柳宗元字子厚，其先蓋河東人。從曾祖奭為中書令，得罪武后，死高宗時。父鎮，天寶末遇亂，奉母隱王屋山，常間行求養，後徙於吳。肅宗平賊，鎮上書言事，擢左衞率府兵曹參軍。佐郭子儀朔方府，三遷殿中侍御史。以事觸竇參，貶夔州司馬。還，終侍御史。

宗元少精敏絕倫，為文章卓偉精緻，一時輩行推仰。第進士、博學宏辭科，授校書郎，調藍田尉。貞元十九年，為監察御史裏行。善王叔文、韋執誼，二人者奇其才。及得政，引內禁近，與計事，擢禮部員外郎，欲大進用。

俄而叔文敗，貶邵州刺史，不半道，貶永州司馬。既竄斥，地又荒癘，因自放山澤間，其堙厄感鬱，一寓諸文，倣離騷數十篇，讀者咸悲惻。雅善蕭俛，詒書言情曰：

僕讒者進當䠞䡾不安之勢，平居閉門，口舌無數，又久與游者，岌岌而操其間，其求進而退者，皆聚為仇怨，造作粉飾，蔓延益肆。非的然昭晰、自斷于內，孰能了僕於冥冥間哉？僕當時年三十三，自御史裏行得禮部員外郎，超取顯美，欲免世之求進者怪怒媢疾，可得乎？與罪人交十年，官以是進，辱在附會。聖朝寬大，貶黜甚薄，不塞衆人之怒，謗語轉侈，囂囂嗷嗷，漸成怪人。飾智求仕者，更詈僕以悅仇人之心，日為新奇，務相悅可，自以速援引之路。僕輩坐益困辱，萬罪橫生，不知其端，悲夫！人生少六七十者，今三十七矣，長來覺日月益促，歲歲更甚，大都不過數十寒暑，無此身矣。是非榮辱，又何足道！云云不已，祇益為罪。

居蠻夷中久，慣習炎毒，昏眊重膇，意以為常。忽遇北風晨起，薄寒中體，則肌革慘懍，毛髮蕭條，瞿然注視，怵惕以為異候，意緒殆非中國人也。楚、越間聲音特異，鴃舌啅譟，今聽之恬然不怪，已與為類矣。家生小童，皆自然嘵嘵，晝夜滿耳，聞北人言，則啼呼走匿，雖病夫亦怛然駭之。出門見適州閭市井者，其十八九杖而後興。自料居此尚復幾何，豈可更不知止，言說長短，重為一世非笑哉？讀易困卦至「有言不信，尚口乃窮」，往復益喜，曰：「嗟乎！余雖家置一喙，以自稱道，詬益甚耳。」用是更樂瘖默，與木石為徒，不復致意。

今天子興教化，定邪正，海內皆欣欣怡愉，而僕與四五子者，淪陷如此，豈非命歟？命乃天也，非云云者所制，又何恨？然居治平之世，終身為頑人之類，猶有少恥，未能盡忘。儻因賊平慶賞之際，得以見白，使受天澤餘潤，雖朽枿敗腐不能生植，猶足蒸出芝菌，以為瑞物。一釋廢錮，移數縣之地，則世必曰罪稍解矣。無後收召魂魄，買土一廛為耕甿，朝夕歌謠，使成文章，庶木鐸者采取，獻之法宮，增聖唐大雅之什，雖不得位，亦不虛為太平人矣。

又詒京兆尹許孟容曰：

宗元早歲與負罪者親善，始奇其能，謂可以共立仁義，裨教化。過不自料，勤勤勉勵，唯以忠正信義為志，興堯、舜、孔子道，利安元元為務，不知愚陋不可以彊，其素意如此也。末路厄塞臲卼，事既壅隔，狠忤貴近，狂疎繆戾，蹈不測之辜。今其黨與幸獲寬貸，各得善地，無公事，坐食俸祿，德至渥也，尚何敢更俟除棄廢痼，希望外之澤哉？年少氣銳，不識幾微，不知當否，但欲一心直遂，果陷刑法，皆自所求取，又何怪也？

宗元於衆黨人中，罪狀最甚，神理降罰，又不能即死，猶對人語言，飲食自活，迷不知耻，日復一日。然亦有大故。自以得姓來二千五百年，代為冢嗣，今抱非常之罪，居夷獠之鄉，卑濕昏霧，恐一日塡委溝壑，曠墜先緒，以是怛然痛恨，心骨沸熱。煢煢孤立，未有子息，荒陬中少士人女子，無與未婚，世亦不肯與罪人親昵。以是嗣續之重，不絕如縷，每春秋時饗，孑立捧奠，顧眄無後繼者，懔懔然欷歔惴惕，恐此事便已，摧心傷骨，若受鋒刃。此誠丈人所共閔惜也。先墓在城南，無異子弟為主，獨託村鄰。自譴逐來，消息存亡不一至鄉閭，主守固以益怠。晝夜哀憤，懼便毀傷松柏，芻牧不禁，以成大戾。近世禮重拜掃，今闕者四年矣。每遇寒食，則北向長號，以首頓地，想田野道路，士女徧滿，皂隸庸丐，皆得上父母丘墓，馬醫、夏畦之鬼，無不受子孫追養者。然此已息望，又何以云哉？城西有數頃田，樹果數百株，多先人手自封植，今已荒穢，恐便斬伐，無復愛惜。家有賜書三千卷，尚在善和里舊宅，宅今三易主，書存亡不可知。皆付受所重，常繫心腑，然無可為者。立身一敗，萬事瓦裂，身殘家破，為世大僇。是以當食不知辛鹹節適，洗沐盥漱，動逾歲時，一搔皮膚，塵垢滿爪，誠憂恐悲傷，無所告愬，以至此也。

自古賢人才士，秉志遵分，被謗議不能自明者，以百數。故有無兄盜嫂，娶孤女撾婦翁者，然賴當世豪桀分明辨列，卒光史冊。管仲遇盜，升為功臣；匡章被不孝名，孟子禮之。今已無古人之實為而有詬，欲望世人之明己，不可得也。直不疑買金以償同舍；劉寬下車，歸牛鄉人。此誠知疑似之不可辨，非口舌所能勝也。鄭詹束縛於晉，終以無死；鍾儀南音，卒獲返國；叔向囚虜，自期必免；范痤騎危，以生易死；蒯通據鼎耳，為齊上客，張蒼、韓信伏斧鑕，終取將相；鄒陽獄中，以書自治；賈生斥逐，復召宜室，兒寬擯厄，後至御史大夫；董仲舒劉向下獄當誅，為漢儒宗。此皆瓌偉博辯奇壯之士，能自解脫。今以恇怯溳浥，下才末伎，又嬰痼病，雖欲慷慨攘臂，自同昔人，愈疏闊矣。

賢者不得志於今，必取貴於後，古之著書者皆是也。宗元近欲務此，然力薄志劣，無異能解，欲秉筆覼縷，神志荒耗，前後遺忘，終不能成章。往時讀書，自以不至觝滯，今皆頑然無復省錄。讀古人一傳，數紙後，則再三伸卷，復觀姓氏，旋又廢失。假令萬一除刑部囚階，復為士列，亦不堪當世用矣！

伏惟與哀於無用之地，垂德於不報之所，以通家宗祀為念，有可動心者操之勿失。雖不敢望歸掃塋域，退託先人之廬，以盡餘齒，姑遂少北，益輕瘴癘，就婚娶，求胄嗣，有可付託，卽冥然長辭，如得甘寢，無復恨矣！

然衆畏其才高，懲刈復進，故無用力者。

宗元久汩振，其為文，思益深。嘗著書一篇，號貞符，曰：

臣所貶州流人吳武陵為臣言：「董仲舒對三代受命之符，誠然？非邪？」臣曰：「非也。何獨仲舒爾，司馬相如、劉向、揚雄、班彪、彪子固皆沿襲嗤嗤，推古瑞物以配受命，其言類淫巫瞽史，誑亂後代，不足以知聖人立極之本，顯至德，揚大功，甚失厥趣。臣為尚書郎時，嘗著貞符，言唐家正德受命於生人之意，累積厚久宜享無極之義，本末閎闊，會貶逐中輟，不克備究。」武陵卽叩頭邀臣：「此大事，不宜以辱故休缺，使聖王之典不立，無以抑詭類、拔正道、表覈萬代。」臣不勝奮激，卽具為書，念終泯沒蠻夷，不聞于時，獨不為也。苟一明大道，施于人世，死無所憾，用是自決。臣宗元稽首拜手以聞曰：

孰稱古初朴蒙空侗而無爭，厥流以訛，越乃奮奪鬬怒振動，專肆為淫威？曰：是不知道。惟人之初，總總而生，林林而群。雪霜風雨雷雹暴其外，於是乃知架巢空穴，挽草木，取皮革；飢渴牝牡之欲驅其內，於是乃噬禽獸，咀果穀，合偶而居。交馬而爭，睽馬而鬬，力大者搏，齒利者齧，爪剛者決，群衆者軋，兵良者殺，披披藉藉，草野塗血。然後彊有力者出而治之，往往為曹於險阻，用號令起，而君臣什伍之法立。德紹者嗣，道怠者奪。於是有聖人焉，曰黃帝，游其兵車，交貫乎其內。一統類，齊制量，然猶大公之道不克建。於是有聖人焉，曰堯，置州牧四岳，持而綱之，立有德有功有能者，參而維之，運臂率指，屈伸把握，莫不統率，年老，舉聖人而禪焉，大公乃克建。由是觀之，厥初罔匪極亂，而後稍可為也。而非德不樹，故仲尼敍書，於堯曰「克明俊德」，於舜曰「濬哲文明」，於禹曰「文命祗承于帝」，於湯曰「克寬克仁，章信兆民」，於武王曰「有道曾孫」。稽揆典誓，貞哉惟茲德，實受命之符，以奠永祀。後之祆淫囂昏好怪之徒，乃使陳大電、大虹、玄鳥、巨跡、白狼、白魚、流火之烏以為符，斯皆詭譎闊誕，其可羞也，莫知本于厥貞。

漢用大度，克懷于有氓，登能庸賢，濯痍煦寒，以瘳以熙，茲其為符也。而其妄臣，乃下取虺蛇，上引天光，推類號休，用夸誣于無知氓，增以騶虞、神鼎，脅驅縱踴，俾東之泰山、石閭，作大號謂之「封禪」，皆尚書所無有。莽、述承效，卒奮驁逆。其後有賢帝曰光武，克綏天下，復承舊物，猶崇赤伏，以玷厥德。魏、晉而下，尨亂鉤裂，厥符不貞，邦用不靖，亦罔克久，駁乎無以議為也。

積大亂至于隋氏，環四海以為鼎，跨九垠以為鑪，爨以毒燎，煽以虐焰，其人沸湧灼爛，號呼騰蹈，莫有救止。於是大聖乃起，丕降霖雨，濬滌盪沃，蒸為清氛，疏為冷風，人乃滲然休然，相睎以生，相持以成，相彌以寧。琢斮屠剔膏流節離之禍不作，而人乃克完平舒愉，尸其肌膚，以達于夷途。焚坼抵掎奔走轉死之害不起，而人乃克鳩類集族，歌舞悅懌，用祗于元德。徒奮袒呼，犒迎義旅，讙動六合，至于麾下。大盜豪據，阻命遏德，義威殄戮，咸墜厥緒。無劉于虐，人乃並受休嘉，去隋氏，克歸于唐，躑躅謳歌，灝灝和寧。帝庸威栗，惟人之為。敬奠厥賦，積藏于下，是謂豐國。鄉為義廪，斂發謹飭，歲丁大侵，人以有年。簡于厥刑，不殘而懲，是謂嚴威。小屬而支，大生而孥，愷悌祗敬，用底于治。凡其所欲，不謁而獲；凡其所惡，不祈而息。四夷稽服，不作兵革，不竭貨力。丕揚于後嗣，用垂于帝式，十聖濟厥治，孝仁平寬，惟祖之則。澤久而逾深，仁增而益高，人之戴唐，永永無窮。

是故受命不于天，于其人；休符不于祥，于其仁。惟仁之仁，匪祥于天。匪祥于天，茲惟貞符哉！未有喪仁而久者也，未有恃祥而壽者也。商之王以桑穀昌，以雉雊大，宋之君以法星壽，鄭以龍衰，魯以麟弱，白雉亡漢，黃犀死莽，惡在其為符也？不勝唐德之代，光紹明濬，深鴻尨大，保人斯無疆，宜薦于郊廟，文之雅詩，祗告于德之休。

帝曰諶哉！乃黜休祥之奏，究貞符之奧，思德之所未大，求仁之所未備，以極于邦治，以敬于人事。其詩曰：

於穆敬德，黎人皇之。惟貞厥符，浩浩將之。仁函于膚，刃莫畢屠。澤熯于爨，濡炎以澣。勃厥凶德，乃驅乃夷。懿其休風，是喣是吹。父子熙熙，相寧以嬉。賦徹而藏，厚我糗粻。刑輕以清，我完靡傷。貽我子孫，百代是康。十聖嗣于治，仁后之子。子思孝父，易患于己。拱之戴之，神其爾宜。載揚于雅，承天之嘏。天之誠神，宜鑒于仁。神之曷依？宜仁之歸。濮鉛于北，祝栗于南，幅員西東，祗一乃心。祝唐之紀，後天罔墜；祝皇之壽，與地咸久。曷徒祝之，心誠篤之。神協人同，道以告之。俾彌億萬年，不震不危。我代之延，永永毗之。仁增以崇，曷不爾思？有號于天，僉曰嗚呼，資爾皇靈，無替厥符！

宗元不得召，內閔悼，悔念往吝，作賦自儆曰：

懲咎愆以本始兮，孰非余心之所求？處卑汙以閔世兮，固前志之為尤。始余學而觀古兮，怪今昔之異謀。惟聰明為可考兮，追駿步而遐游。絜誠之既信直兮，仁友藹而學之。日施陳以繫縻兮，邀堯舜與之為。上睢盱而混茫兮，下駁詭而懷私。旁羅列以交貫兮，求大中之所宜。

曰道有象兮，而無其形。推變乘時兮，與志相迎。不及則殆兮，過則失貞。謹守而中兮，與時偕行。萬類芸芸兮，率由以寧。剛柔弛張兮，出入綸經。登能抑枉兮，白黑濁清，蹈乎大方兮，物莫能嬰。

奉訏謨以植內兮，欣余志之有獲。再明信乎策書兮，謂耿然而不惑。愚者果於自用兮，惟懼夫誠之不一，不顧慮以周圖兮，專茲道以為服。讒妬構而不戒兮，猶斷斷於所執。哀吾黨之不淑兮，遭遇任之卒迫。勢危疑而多詐兮，逢天地之否隔。欲圖退而保己兮，悼乖期乎曩昔。欲操術以致忠兮，衆呀然而互嚇。進與退吾無歸兮，甘脂潤兮鼎鑊。幸皇鑒之明宥兮，纍郡印而南適。惟罪大而寵厚兮，宜夫重仍乎禍謫。既明懼乎天討兮，又幽慄乎鬼責。惶惶乎夜寤而晝駭兮，類麏麚之不息。

凌洞庭之洋洋兮，泝湘流之沄沄。飄風擊以揚波兮，舟摧抑而迴邅。日霾曀以昧幽兮，黲雲涌而上屯。暮屑窣以淫雨兮，聽嗷嗷之哀猿。衆鳥萃而啾號兮，沸洲渚以連山。漂遙逐其詎止兮，逝莫屬余之形魂。攢巒奔以紆委兮，束洶涌之崩湍。畔尺進而尋退兮，盪洄汩乎淪漣。際窮冬而止居兮，羈纍棼以縈纏。

哀吾生之孔艱兮，循凱風之悲詩。罪通天而降酷兮，不亟死而生為！逾再歲之寒暑兮，猶貿貿而自持。将沈淵而隕命兮，詎蔽罪以塞禍？惟滅身而無後兮，顧前志猶未可。進路呀以劃絕兮，退伏匿又不果。為孤囚以終世兮，長拘攣而轗軻。

曩余志之脩蹇兮，今何為此戾也？豈貪食而盜名兮，不混同於世也。将顯身以直遂兮，衆之所宜蔽也。不擇言以危肆兮，固群禍之際也。

御長轅之無橈兮，行九折之峩峩。却驚棹以橫江兮，泝凌天之騰波。幸余死之已緩兮，完形軀之既多。苟餘齒之有懲兮，蹈前烈而不頗。死蠻夷固吾所兮，雖顯寵其馬加？配大中以為偶兮，諒天命之謂何！

元和十年，徙柳州刺史。時劉禹錫得播州，宗元曰：「播非人所居，而禹錫親在堂，吾不忍其窮，無辭以白其大人，如不往，便為母子永決。」卽具奏欲以柳州授禹錫而自往播。會大臣亦為禹錫請，因改連州。

柳人以男女質錢，過期不贖，子本均，則沒為奴婢。宗元設方計，悉贖歸之。尤貧者，令書庸，視直足相當，還其質。已沒者，出己錢助贖。南方為進士者，走數千里從宗元游，經指授者，為文辭皆有法。世號柳柳州。十四年卒，年四十七。

宗元少時嗜進，謂功業可就。既坐廢，遂不振。然其才實高，名蓋一時。韓愈評其文曰：「雄深雅健，似司馬子長，崔、蔡不足多也。」柳人懷之，託言降于州之堂，人有慢者輒死，廟於羅池，愈因碑以實之云。

贊曰：叔文沾沾小人，竊天下柄，與楊虎取大弓，春秋書為盜無以異。宗元等橈節從之，徼幸一時，貪帝病昏，抑太子之明，規權遂私。故賢者疾，不肖者媢，一僨而不復，宜哉！彼若不傅匪人，自勵材猷，不失為名卿才大夫，惜哉！

柳宗元年譜

唐代宗大曆八年癸丑（西元七七三年）

柳宗元生，父鎮，母盧氏，皆三十五歲，是年，韓愈六歲，劉禹錫二歲。

大曆十一年丙辰（西元七七六年）

宗元四歲，太夫人教以古賦十四首。

大曆十四年己未（西元七七九年）

宗元七歲，代宗崩，德宗繼立。

德宗興元元年甲子（西元七八四年）

宗元十二歲，隨父居夏口，與楊憑之女訂婚。

德宗貞元五年己巳（西元七八九年）

宗元十七歲，至京師求進士，未成。

貞元六年庚午（西元七九〇年）
宗元十八歲，舉進士，未第。
貞元七年辛未（西元七九一年）
宗元十九歲，舉進士，未第。
貞元八年壬申（西元七九二年）
宗元二十歲，是年韓愈登進士第。
貞元九年癸酉（西元七九三年）
宗元二十一歲，二月登進士第，五月父鎮卒，年五十七。
貞元十年甲戌（西元七九四年）
宗元二十二歲，居家守喪。
貞元十二年丙子（西元七九六年）
宗元二十四歲，娶楊憑之女為妻。
貞元十四年戊寅（西元七九八年）
宗元二十六歲，登博學宏辭科，授集賢殿正字，作與楊誨之書、與太學諸生書。

貞元十五年己卯（西元七九九年）

宗元二十七歲，八月，妻楊氏卒於長安。

貞元十六年庚辰（西元八〇〇年）

宗元二十八歲。

貞元十七年辛巳（西元八〇一年）

宗元二十九歲，秋，調藍田尉。

貞元十八年壬午（西元八〇二年）

宗元三十歲，作武功縣廳壁記、送文暢上人登五臺遂遊河朔序，九月，楊憑出為潭州刺史。

貞元十九年癸未（西元八〇三年）

宗元三十一歲，因御史中丞李汶之薦，為監察御史，與王叔文、韋執誼、劉禹錫等定交，是年，韓愈為叔文黨所排，出為陽山令。

貞元二十年甲申（西元八〇四年）

宗元三十二歲，李汶卒，作祭李中丞文。

順宗永貞元年乙酉（西元八〇五年）

宗元三十三歲，正月，德宗卒，順宗即位，韋執誼拜相，四月，因王叔文之薦，為禮部員外郎，六月，王叔文謀奪宦官兵權不成，去位，八月順宗禪位，憲宗繼位，王叔文黨皆坐貶，九月，宗元貶邵州刺史，劉禹錫貶連州刺史，十一月，宗元貶永州司馬，劉禹錫貶朗州司馬，時韓愈自陽山移官江陵法曹參軍，宗元與禹錫二人途次江陵，與韓愈相晤，韓有永貞行詩，宗元過潭州謁妻父楊憑，作潭州東池戴氏堂記，十二月到永州，居龍興寺之西軒。

憲宗元和元年丙戌（西元八〇六年）

宗元三十四歲，五月，母盧氏卒於永州，年六十八，作永州龍興寺西軒記。

元和二年丁亥（西元八〇七年）

宗元三十五歲，作永州法華氏西亭記。

元和三年（西元八〇八年）

宗元三十六歲，作南齋雲睢陽廟碑、賀進士王參元失火書。

元和四年己丑（西元八〇九年）

宗元三十七歲，作非國語、始得西山宴游記、鈷鉧潭記，鈷鉧潭西小丘記、至小丘西小石潭記、序飲。

元和五年庚寅（西元八一〇年）

宗元三十八歲，作送元十八山人南游序、送僧浩初序、愚溪詩序、愚溪對、讀韓愈所作毛穎傳後題。

元和六年辛卯（西元八一一年）

宗元三十九歲，作永州韋使君新堂記。

元和七年壬辰（西元八一二年）

宗元四十歲，作袁家渴記、石渠記、石澗記、小石城山記。

元和八年癸巳（西元八一三年）

宗元四十一歲，作游黃溪記、永州鐵爐步志，天說、天論、答韋中立論師道書、答嚴厚輿秀才論師道書。

元和九年甲午（西元八一四年）

宗元四十二歲，作與韓愈論史官書、囚山賦、段太尉逸事狀。

元和十年乙未（西元八一五年）

宗元四十三歲，正月，啓程赴長安，時朗州（今湖南常德）司馬劉禹錫亦奉詔北歸，至襄州，二人相晤，二月，抵長安，三月出為柳州刺史，劉禹錫為播州（今貴州遵義）刺史，宗元以播州地遠，禹錫母老，不便遠行，請以柳易播，會裴度亦奏其事，禹錫遂得改授連州，六月，宗元至柳州，改革陋俗迷信，柳民大治，是年，作萬石亭記、柳州山水近治可游者記。

元和十一年丙申（西元八一六年）

宗元四十四歲，作井銘、祭井文。

元和十二年丁酉（西元八一七年）

宗元四十五歲，作柳州東亭記、復大雲寺記。

元和十三年戊戌（西元八一八年）

宗元四十六歲，治柳三年，政績卓著，作平淮夷雅。

元和十四年己亥（西元八一九年）

宗元四十七歲，十一月八日，卒於柳州，病重時，詒書劉禹錫韓愈，託以編纂遺集及撫養孤弱事，是年正月，韓愈以諫佛骨事，貶潮州刺史。

元和十五年庚子（西元八二〇年）

七月，歸葬萬年縣先人墓側，舅弟盧遵治其喪事，韓愈為作墓誌。

穆宗長慶二年壬寅（西元八二二年）

宗元卒後三年，柳州羅池廟成，明年，韓愈為作廟碑。

唐柳河東集序

劉禹錫

八音與政通，而文章與時高下。三代之文，至戰國而病，涉秦、漢復起。漢之文，至列國而病，唐興復起。夫政厖而土裂，三光五嶽之氣分，太音不完，故必混一而後大振。初，貞元中，上方嚮文章，昭回之光，下飾萬物。天下文士，爭執所長，與時而奮，粲焉如繁星麗天。而芒寒色正，人望而敬者，五行而已。河東柳子厚，斯人望而敬者歟！子厚始以童子有奇名於貞元初，至九年，為名進士。十有九年，為材御史。二十有一年，以文章稱首，入尚書，為禮部員外郎。是歲，以疎儁少檢獲訕，出牧邵州，又謫佐永州。居十年，詔書徵，不用，遂為柳州刺史。五歲，不得召歸。病且革，留書抵其友中山劉禹錫曰：「我不幸，卒以謫死，以遺草累故人。」禹錫執書以泣，遂編次為三十通，行於世。子厚之喪，昌黎韓退之誌其墓，且以書來弔曰：「哀哉！若人之不淑。吾嘗評其文，雄深雅健，似司馬子長，崔蔡不足多也。」安定皇甫湜，於文章少所推讓，亦以退之言為然。凡子厚名氏與仕與年暨行己之大方，有退之之誌若祭文在，今附于第一通之末云。

柳文序

嚴有翼

唐之文章，無慮三變。武德以來，沿江左餘風，則以絺章繪句為尚。開元好經術，則以崇雅黜浮為工。至於法度森嚴，抵轢晉、魏，上軋周、漢，渾然為一王法者，獨推大曆、貞元間。是時雖曰美才出輩，其能以六經之文為諸儒倡者，不過韓退之而止耳，柳子厚而止耳。退之之文，史臣謂其與孟軻、楊雄相表裏，故後之學者，不復敢置議論。子厚不幸，其進於朝，適當王叔文用事之時。叔文工言治道，順宗在東宮，頗信重之，迨其踐祚，方欲有所施為，然與文珍、韋皐等相忤，內外讒譖，交口詆誣，一時在朝，例遭竄逐，而八司馬之號紛然出矣。作史者不復審訂其是非，第以一時成敗論人，故黨人之名，不可湔洗。嗚呼子厚，亦可謂重不幸矣。尚賴本朝文正范公之推明之也，曰：劉禹錫、柳宗元、呂溫，坐王叔文黨，貶廢不用，覽數君子之述作，體意精密，涉道非淺。如叔文狂甚，義必不交。叔文以藝進東宮，人望素輕，然傳稱知書，好論理道，為太子所信。順宗即位，遂見用，引禹錫等決事禁中。及議罷中人兵權，牾俱文珍輩，又絕韋皐私請，欲斬劉闢，其意非忠乎？皐銜之，會順宗病篤，皐揣太子意，請監國而誅叔文，憲宗納皐之謀而行內禪，故當朝左右謂之黨人者，豈復見雪？唐書蕪駁，因其成敗而書之，無所裁正。孟子曰：「盡信書，不如無書。」吾聞夫子褒貶，不以一毫而廢人之業也。嗚呼！如范公之論人，可謂明且恕矣。死者有知，子厚豈不伸眉於地下！余嘗嗜子厚之文，苦其難讀，旣稽之史傳以校其譌繆，又考之字書以證其音釋，編成一帙，名曰柳文切正。雖懸金於市，曾無呂氏之精；然置筆于藩，姑效左思之篤。後之君子，無或誚焉。紹興三十二年歲次壬午春三月二十一日，建安嚴有翼序。

柳文綜評

邵博邵氏聞見後錄：

韓退之之文自經中來，柳子厚之文自史中來。

李塗文章精義：

文有圓有方。韓文多圓，柳文多方。

羅大經鶴林玉露：

韓、柳文多相似：韓有「平淮碑」，柳有「平淮雅」；韓有「進學解」，柳有「起廢答」；韓有「送窮文」，柳有「與韋中立論文」；韓有「張中丞傳敍」，柳有「段太尉逸事」。至若韓之「原道」、「佛骨疏」、「毛穎傳」，則柳有所不能為；柳之「封建論」、「梓人傳」、「晉問」，則韓有所不能作。韓如美玉，柳如精金；韓如靜女，柳如名姝；韓如德驥，柳如天馬。歐似韓，蘇似柳。歐公在潁，於破筐中得韓文數册，讀之始悟作文法；東坡雖遷海外，亦惟以陶、柳二集自隨。各有所悟入，各有所酷嗜也。然韓、柳猶用奇重字，歐、蘇唯用平常輕虛字，而妙麗古雅，自不可及。

黃震黃氏日鈔：

柳以文與韓並稱，然韓文論事說理，一一明白透徹，無可指擇者，所謂貫道之器非歟。柳之達於上聽者皆諛辭；致於公卿大臣者，皆罪謫後羞縮無聊之語。碑碣等作，亦老筆與俳語相半，間及經旨義理，則是非多謬於聖人，凡皆不根於道故也。惟記志人物，以寄其嘲罵；模寫山水，以舒其抑鬱，則峻潔精奇，如明珠夜光，見輒奪目。此蓋子厚放浪之久，自寫胸臆，不事諛，不求哀，不關經義，又皆晚年之作，所謂大肆其力於文章者也。

汪藻浮溪集卷十九永州柳先生祠堂記：

零陵一泉石，一草木，經先生品題者，莫不為後世所慕，想見其風流。而先生之文，載集中，凡瓌奇絕特者，皆居零陵時所作。

錢重柳文後跋：

子厚居愚溪幾十年。閒中，捨尋游山水外，往往沈酣於文字中。故其文，至永尤高妙，為後世學士大夫所宗師。

趙善愖柳文後跋：

前輩謂，子厚在中朝時所為文，尚有六朝規矩；至永州，始以三代為師，下筆高妙，直一日千里。退之亦云：「居閑，益自刻苦。務記覽，為詞章。」而子厚自謂：「貶官來，無事，乃得馳騁文章。」此殆子厚天資素高，學力超詣；又有佳山水為之助，相與感發而至然耶！

茅坤唐宋八大家文鈔卷首柳文引：

唐世文章稱韓、柳，柳非韓匹也。韓於書無所不讀，於道見其大原，故其文醇而肆。柳自言其為文，以為本之「易」、「詩」、「書」、「禮」、「春秋」，參之「穀梁」、「國語」、「孟」、「荀」、「莊」、「老」、「離騷」、「太史」，其平生所讀書，止為作文用耳。故韓文無一字陳言，而柳文多有摹擬之迹。是豈才不及韓哉？其見道不如故也。然李朴有言，柳醇正不如韓，而氣格雄絕，亦韓所不及。吾嘗論韓文如大將指揮，堂堂正正，而分合變化，不可端倪；柳則偏裨銳師，驍勇突擊，囊沙背水，出奇制勝，而刁斗仍自森嚴。韓如五嶽四瀆，奠乾坤而涵萬類；柳則峨眉天姥，孤峯矗雲，飛流噴雪，雖無生物之功，自是宇宙洞天福地。其並稱千古，豈虛也哉！雖然，柳子所工者文也，余所執以繩柳子文者道也。謂柳子無見於道固不可，然道有離合，豈可因其文之工而掩之乎？擇之約，論之嚴，不為柳子恕，而後可以見柳子。

茅坤唐宋八大家文鈔論例：

予嘗有文評曰：屈、宋以來，渾渾噩噩如長川大谷，探之不窮，攬之不竭，蘊藉百家，包括萬代者，司馬子長之文也。閎深典雅，西京之中獨冠儒宗者，劉向之文也。斟酌經緯，上摹子長，下採劉向父子，勒成一家之言者，班固也。呑吐騁頓，若千里之駒，而走赤電，鞭疾風，常者山立，怪者霆擊，韓愈之文也。巉巖崱屴，若游峻壑削壁，而谷風淒雨四至者，柳宗元之文也。遒麗逸宕，若攜美人宴遊東山，而風流文物照耀江左者，歐陽子之文也。行乎其所當行，止乎其所不得不止，浩浩洋洋，赴千里之河而注之海者，蘇長公也。嗚呼！七君子者，可謂聖於文矣。其餘若賈、董、相如、揚雄諸君子，可謂才問炳然西京矣，而非其至者。曾鞏、王安石、蘇洵、轍至矣。鞏尤為折衷於大道而不失其正，然其才或疲薾而不能副焉。吾聊次之如左，俟知音者賞之。

茅坤茅鹿門先生文集卷五復王暘谷乞文書：

夫古之善記山川，莫如柳子厚。子厚材固雋，然亦以朝夕鈷鉧、愚溪間，故得以恣其盤谿邃谷飛泉峭壁之好，而肆焉以為文。

茅坤茅鹿門先生文集卷八復陳五嶽方伯書：

僕平生覽古之善記佳山水，惟柳子厚為最。雖奇崛如韓昌黎，當讓一步。

茅坤唐宋八大家文鈔卷七：

愚竊謂：公與山水兩相遭。非子厚之困且久，不能以搜巖穴之奇，非巖穴之怪且幽，亦無以發子厚之文。

魏禧魏叔子文集卷八孔正叔楷園文集敘：

五經之文，五嶽也；屈原、莊周、左丘明、司馬遷、班固五丘也。天下之山必五嶽五丘，非是不足名山。及讀柳子厚黃溪、鈷鉧潭西小丘、袁家渴諸記，則又爽然自失。其幽峭奇雋之氣，未嘗不與五嶽、五丘並名天壤，然則先生之文之傳無疑矣。

方苞方望溪先生全集卷六答程夔州書：

柳子厚惟記山水，刻雕衆形，能移人之情。

方苞方望溪先生全集卷十四游雁蕩記：

永、柳諸山，乃荒陬中一邱一壑。子厚謫居幽尋，以送日月，故曲盡其形容。

常安古文披金卷十四柳文鈷鉧潭記：

西山八記，脈絡相通，若斷若續。合讀之，更見其妙。

王世貞讀書後卷三書柳文後：

柳子才秀于韓而氣不及，金石之文亦峭麗，與韓相爭長。而大篇則瞠乎後矣。封建論之勝原道，非文勝也，論事易長論理易短故耳。其他駁辯之類，尤更破的。永州諸記，峭拔緊潔，其小語之冠乎！獨所行諸書牘，敍述艱苦，酸鼻之辭，似不勝楚；搖尾之狀，似不勝屈。至于他篇，非掊擊則夸毗，雖復斐然，終乖大雅。似此氣質，羅池之死，終墮神趣，有以也。吾嘗謂柳之蚤歲多棄其日於六季之學，而晚得幽僻遠地，足以深造；韓合下便超六季而上之，而晚為富貴功名所分，且多酬應，蓋於益損各中半耳。

孫琮山曉閣選唐大家柳柳全集卷頭語：

韓、柳並驅，當時已有同稱，雖退之亦嘗言其文「雄深雅健似司馬子長、崔、蔡不足多也。」夫其驅駕氣勢，掀雷抉電，撐扶於天地之垠，與昌黎倡和千古，豈瑣瑣者可輕擬其優劣哉。迨既遭竄斥，煙厄感鬱，一寓諸文，又倣「離騷」數篇，情文悽惻。後人編其集者，別為數十卷。而摭異音釋疏別精審，乃知其好奇字如揚子雲，世推之誠至矣。若以「河間」一傳，不得入館閣，此俗人之論，又何足以輕重子厚耶！史稱子厚喜進失志，或少短之，不知其志氣沉鬱，念所藉以不朽者，絕功名而恃文章，其精神自足獨行千古。造物之所以厄子厚者，正所以厚子厚也。人何能窮子厚哉！語云：窮愁之言易工。非知言已！

劉熙載藝概：

柳州自言「為文章，未嘗敢以昏氣出之，未嘗敢以矜氣作之」。余嘗以一語斷之曰：「柳文無耗氣。」凡昏氣矜氣皆耗氣也。惟昏之為耗也易知，矜之為耗也難知耳。柳文如奇峯異嶂，層見疊出。所以致之者，有四種筆法：突起、紆行、峭收、縵迴也。柳州記山水，狀人物，論文章，無不形容盡致，其自命為「牢籠百態」，固宜。

陳衍石遺室論文：

桐城人號稱能文者，皆揚韓抑柳。望溪訾之最甚，惜抱則微詞。不知柳之不易及者有數端：出筆遣詞，無絲毫俗氣，一也；結構成自己面目，二也；天資高，識見頗不猶人，三也；根據具，言人所不敢言，四也；記誦優，用字不從抄撮塗抹來，五也。此五者，頗為昌黎所短。昌黎長處，在聚精會神，用功數十年，所讀古書，在在擷其菁華，在在效法，在在求脫化其面目。然天資不高，俗見頗重。自負見道，而於堯舜孔孟之道，實模糊出入，故其自命因文見道之作，皆非其文之至者。其文之工者：第一傳狀碑志，第二贈序，第三雜記，第四序跋，第五乃書說論辨。柳文人皆以雜記為第一，雖方、姚不能訾議。蓋於古書類能採取其精鍊處也。

林紓柳文研究法：

夢得之報柳州書曰：「余吟而繹之，顧其詞甚約，而味淵然以長。氣為幹，文為支，跨躒古今，鼓行乘空，附離不以鑿枘，咀嚼不以文字，端而曼，苦而腴，佶然以生，癯然以清。余之衡，誠懸於心，其揣也如是。」嗚呼！劉賓客果道得柳州真處矣。夫所謂「端而曼，苦而腴，佶然以生，癯然以清」，此四語，雖柳州自道，不能違心而他逸也。凡造語嚴重，往往神木而色朽，「端」而能「曼」，則風采流露矣。柳州畢命貶所，寄託之文，往往多「苦」語；而言外乃不掩其風流，才高而擇言精，味之轉於鬱伊之中，別饒雅趣，此殆夢得之所謂「腴」也。「佶」者壯健之貌，壯健而生氣，柳州本色也。「癯然以清」，則山水諸記，窮桂海之殊相，直前無古人，後無來者。昌黎偶記山水，亦不能與之追逐，古人避短推長，昌黎於此，固讓柳州出一頭地矣。

凡記亭臺山水，有經巨人長德，營搆題詠游涉之處，則後來為之記者，殊易為力。若公在永州，一荒昧不闢之區，必待糞除，其勝始出。是永州諸勝，均係諸公之一言，則非極力描摹，山容水態，亦不易流傳於藝苑。集中諸文皆佳，而山水之記尤為精絕。雖大同小異，然各有經營。韓公猶望而卻步，何論其他。

錢基博韓愈志：

議論之文，韓愈雄肆而盡，宗元辯核而裁；若論持之有故，言之成理，則韓不如柳。何者？韓愈善用奇以暢氣勢，宗元工為偶以相比勘。韓愈急言竭論，孤行一意以發其辭；宗元比事屬辭，巧設兩端以盡其理，所以韓愈辭勝於理，宗元理勝於辭。昔賢以為「辯者，別殊類使不相害，序異端使不相亂」，柳子有焉；若韓公，則「煩辭以相假，飾辭以相惇，巧譬以相移，引人聲使不得及其意」爾！碑誌之文，韓愈事多實敘而馳以奇，乃用太史公之傳體；宗元語為虛美而凝以駢，厥承班孟堅之漢書；顧亦有承徐、庾之南朝體者，南府君睢陽廟碑、張公舟墓誌銘，是也；而南府君廟碑特奇偉，入後震蕩以議論，堆垜化為烟雲，筆力橫恣，徐、庾之所未逮者焉。韓愈服膺儒者；而宗元兼通佛學，所為龍安海禪師碑、南嶽雲峰寺和尚碑、大明和尚碑，談空顯有，深入理奧，難在虛無寂滅之教，寫以宏深肅括之文，其氣安重以徐，其筆辨析而肆；鉤賾索隱，得未曾有；此固韓愈之所不屑為，而亦韓愈之所以不能為者也。然宗元集中，有有意與韓愈爭能者：韓愈有元和聖德詩、平淮西碑，而宗元則為平淮西雅表、平淮西雅及貞符，皆仿詩、書。韓愈有感二鳥賦、復志賦、閔己賦、別知賦，而宗元則為佩韋、解祟、懲咎、閔生諸賦，皆仿離騷。韓愈有進學解、送窮文而宗元則為瓶賦、牛賦、乞巧文、罵尸蟲文，皆學揚雄。韓愈有爭臣論、鄆州谿堂詩序，而宗元則為館驛使壁記、嶺南節度使饗軍堂記、邠寧進奏院記、興州江運記、賀進士王參元失火書，皆脫胎左傳國語。韓愈有答崔立之書、與崔群書，而宗元則為許京兆孟容書、與楊京兆憑書、與蕭翰林俛書，皆脫胎太史公報任卿書。韓愈有伯夷頌，而宗元則為伊五就桀贊，皆以自喻。韓愈有五箴，而宗元則為戒懼箴、憂箴，皆以自箴。韓愈有雜說、獲麟解，而宗元則為羆說、蝜蝂傳、臨江之麋、黔之驢、永某氏之鼠、鞭賈，比物連類，抑揚諷諭，皆以諸子之議論，而托詩人之比興。韓愈有圬者王承福傳，而宗元則為捕蛇者說、種樹郭橐駝傳、梓人傳，借題抒慨，抑揚諷諭，又以諸子之議論，而為史傳之傳記；同為諸子之支與流裔也。他如韓愈有師說，宗元則有答韋中立論師道書；韓愈有張中丞傳後序，宗元則有段太尉逸事狀；韓愈有驅鱷魚文，宗元則有宥蝮蛇文；韓愈有後十九日復上宰相書、應科目時與人書，宗元則有上門下李夷簡相公書；辭意卽異，蹊徑儘似，若有意若無意。韓愈跌蕩雄肆，氣運而化；宗元雋傑廉悍，辭辯以覈。韓愈刻畫人物，工於敘事；宗元冥搜物象，獨擅寫景。韓愈碑傳，隨事肖形，萬怪惶惑，非宗元所能；而宗元記永、柳山水，博覽物態，逸趣橫生，而字矜語鍊，句句如鑄；窮態極妍，刻意鏤畫，而清曠自怡，蕭閒出之；心疑形釋，有在筆墨蹊徑之外，亦豈韓愈所及哉。至其識古書之真偽，如論語辨、辨列子、辨文子、辨鬼谷子、辨晏子春秋、辨鶡冠子諸篇，讀書得間，辨折拗峭之筆，清深曠邈之致，意緒風規，亦非韓愈讀儀禮、讀荀子讀墨子所及也。詩工五言，往往融情入景，而託之禪悅，發揮理趣，鋪張排比，其原出謝靈運；而祛其滯悶，出以秀朗，則得力於陶淵明者為多。韓愈詩以想像出詭訞，以生剝為琢鍊；而宗元則以排遣為悲涼，以雅潤出秀爽，古淡婉愜，精則精矣；然不若韓愈之變態百出；其驅駕氣勢，若掀雷決電，撐決於天地之垠；物狀其變，不得鼓舞而徇其呼吸也。使韓愈收斂而為宗元則易，使宗元開拓而為韓氏，則難矣。意味可學，而才氣則不可強。或論「宗元文不如韓愈，韓愈詩不如宗元」者，亦非極摯之論也。然唐人唯柳宗元深得騷學；韓愈、李觀皆所不及。

桐葉封弟辯

古之傳者有言，成王以桐葉與小弱弟①，戲曰：「以封汝。」周公入賀。王曰：「戲也。」周公曰：「天子不可戲。」乃封小弱弟於唐②。

吾意不然。王之弟當封耶？周公宜以時言於王，不待其戲而賀以成之也；不當封耶？周公乃成其不中之戲，以地以人與小弱者為之王，其得為聖乎？且周公以王之言，不可苟焉而已，必從而成之耶？設有不幸，王以桐葉戲婦寺，亦將舉而從之乎？凡王者之德，在行之何若。設未得其當，雖十易之不為病；要於其當，不可使易也，而況以其戲乎？若戲而必行之，是周公教王遂過也。

吾意周公輔成王，宜以道，從容優樂，要歸之大中而已，必不逢其失而為之辭③。又不當束縛之，馳驟之，使若牛馬然，急則敗矣。且家人父子尚不能以此自克，況號為君臣者耶？是直小丈夫缺缺者之事④，非周公所宜用，故不可信。

或曰：封唐叔，史佚成之⑤。

注釋

①呂氏春秋重言篇、說苑君道篇、史記晉世家並記此事。

②唐地在今山西太原，古曰晉陽。

③孟子告子：「逢君之惡其罪大。」又公孫丑：「今之君子，豈徒順之，又從而為之辭。」

④老子：「其政察察，其民缺缺。」缺，與缺同。

⑤史佚，周太史尹佚也。

析評

韓醇云：

史記晉世家，成王與叔虞戲，削桐葉為珪，以與叔虞曰：「以此封若。」史佚因請擇日立之。成王曰：「吾與之戲耳。」史佚曰：「天子無戲言。」於是遂封叔虞於唐。此則桐葉封弟，史佚成之，明矣。若曰周公入賀，史不之見。

黃唐云：

觀經而不盡信於經，始可與言經；觀史而不盡信於史，始可與言史。乃經史猶有不可信者，阨於灰燼之餘，汩於異論之學也。謂伊尹以滋味干湯，謂西伯以陰謀傾商政，遷史每每如此，豈特剪桐一事誣周公哉！讀遷史者，當知其為實錄，又當知史之失，自遷始。

呂祖謙云：

此一篇文字，一段好似一段，大抵做文字，須留好意思在後，令人讀一段，好似一段。……結束委蛇曲折，有不盡意，不指定史佚，又設一難在此。

謝枋得云：

七節轉換，義理明瑩，意味悠長。字字經思，句句著意，無一句懈怠，亦子厚之文得意者。

李性學云：

雄健飄肆，有懸崖峭壁之勢。……觀其節節轉換，辨難分明，易見模樣次第。

汪武曹云：

前半是言不當逢其失而為之辭，後半言不當束縛之急。

茅坤云：

此等文並嚴謹，移易一字不得。

金聖歎云：

裁幅甚短，而為義弘深，斟酌不盡。不惟文字頓挫入妙，雖處人倫之至道，亦全於此。

沈德潛云：

一層進一層，一語緊一語，筆端有鋒，無堅不破。

張裕釗云：

子厚此文，可與韓非頡頏……議論精刻，精神固充。

李剛己云：

自凡王者之德以下，為前半篇文字結穴，筆勢雖仍屈曲盤旋，然較上文則為堅重，即此可悟浮聲切響之法。……此文名言至論，閒見層出，令人應接不暇，此製局之妙也。

邱維屏云：

儲欣云：

議論段段摧心破的，全要看他出之婉轉聳快，龍行虎逐步驟絕佳處。

奇正相生，史佚明載「史記」。翻實為虛，作餘波疑案，最屬文字妙處。

林雲銘云：

題目既是箇辯，就當還他一箇辯體。此篇先以當封不當封二意夾擊，見其不因戲行封。次復就戲上設言，戲非其人，何以處之，則戲不可為真也明矣。然後把天子不可戲五字，痛加翻駁。以王者之行，止求至當，不妨更易，而周公當日輔導正理，不但無代君掩飾其過之事，亦無箝制其君若牛馬之法。則以為天子不可戲，有戲而必為之詞者，非周公所宜行又明矣。篇中計五駁，文凡七轉。筆筆鋒刃，無堅不破。是辯體中第一篇文字。

張伯行云：

一折一意，皆是絕頂識見，辨駁得到。末段謂不當束縛之云云，議論太鬆。觀伊川諫折柳，方是事君之道。

何焯云：

「王以桐葉戲婦寺」二句。李云：設以桐葉戲婦寺，則將易賀為諫矣。設王曰戲也，則亦將曰天子無戲言云爾，庸何悖乎？

吳楚材吳調侯云：

前幅連設數層翻駁，後幅連下數層斷案，俱以理勝，非尚口舌便便也。讀之反覆重疊愈不厭，如眺層巒，但見蒼翠。

過珙云：

辨難文要難得倒，猶爭訟者要爭得倒。觀其節節轉換，節節翻駁，讀上節不料其有下節，讀下節不料其又有下節，意味悠長，令人讀一段好一段。

汪基云：

就一戲字，反復剝擊，說出聖賢正大之理，以壓倒傳言。筆力謹嚴，氣體遒健，唐文人中自樹一幟，此所以俎豆不祧也。

朱宗洛云：

凡文章必須於接落過脈處見精神。如此文首段敘事，次段翻駁，末段斷案，其段落次序易明。余最愛其中間「王者之德」一段，接上生下，令文勢停蓄，而血脈流貫，此最文章有氣度，有力量處。蓋筆不流則滯，不留則味便薄，此機與氣之所以一而二二而一也。惟留處有流，流處亦留，則神乎技矣。讀此文中段可悟。

孫琮云：

一篇短幅文字，讀之却有無限鋒芒，妙在前幅連設三層翻駁，後幅連下四五層斷案，於是前幅遂有層波疊浪之勢，後幅亦有重岡復嶺之奇。

余誠云：

此文之層層辯駁，一層緊一層，一層好一層，盡人所知也。然尤須知次段「周公宜以時言于王」是從「賀」字對面看出，三段以「以地以人」是從「小弱」着眼，四段「婦寺」又是從「弟」字上想出，五段「王者之德」數語又是從「戲」字上想出，「輔成王」段又是緊從「周公」看出。且段段皆着意周公，總妙在能於首段中字字勘出破綻，又能於破綻處發出正理，所以奇警驚人。可見精卓文字，只不過將題目勘得透徹耳，原無他妙巧也。後學悟此，思過半矣。

蔡鑄云：

按封唐叔事，呂覽重言篇以為周公，說苑君道篇採之，史記晉世家則以為史佚。篇中計五駁，文凡七轉。筆筆鋒刃，無堅不破，是辯體中上乘之文。但柳文雖筆鋒犀利，終有強詞奪理之處。方宗城云：「此文陳義雖正，實未知周公所以輔成王之心。大臣事君，務格君心之非。於幼主尤當涵養其氣質，薰陶其德性，王與弟戲，乃其親愛之心出於至誠也。周公入賀，所以養其良知良能也。及王曰戲，則不曰不可戲以戒之，但言小弱弟不可不封，以成其美而薰陶其德性，涵養其氣質，而又以格異日之非，心非聖人不能若是也，子厚豈足以知之？」持論殊屬精到，尤勝子厚。

章懋勳云：

按晉世系，桐葉封弟，乃史佚事。若周公入賀之說，議論出自劉向說苑中，史未詳載，而見於別傳，必無之事也。子厚之辯，正欲駁倒周公入賀一說耳。故先將當封不當封兩路夾敲，見得必不因戲行封。復就戲上設言，「倘戲非其人，將何法處之」，只此二語，斬釘截鐵，駁盡疑案。妙在後把天子不可戲，痛加翻駁。王者御世，一言一行，惟求其理之至當。設或理有未合，不妨更易，務規於至當。周公輔導成王，不但無代君飾過之事，併無箝制其君若牛馬者然。故子厚反覆辯難，只是出脫周公。尤妙在臨了結出史佚來，便不置深辯，留有餘不盡之意。篇中計五段七轉，段段辯難，轉轉緊嚴，頓挫入神，是辯體中第一文字。

林紓云：

翦桐一事，史記晉世家有之，說苑亦然。鄙見不盡可據為實錄，卽不辯亦可。辯中謂以桐葉封婦寺，亦將舉而從。周公大聖，豈憒憒至此。柳州此語，特用為瀾耳。文中大要，在「王者之德行之何若，設未得其當，雖十易之不為病，要於其當，不可使易也」數語，實深明大體之言。

吳闓生云：

按掊擊辨難之文，以韓非子為最精，子厚亦長於此體，如此文暨守原議、與韓退之論史官書諸篇，皆能究極事理，窮盡筆勢，有當者立碎之概，初學熟此，為文時自少庸膚之譚矣。……凡結筆最忌衰竭，當於通篇議論之外，別出新義，方不至令讀者索然意盡，觀此可知。

章行嚴云：

清初有王琠者，著一小文駁子厚，玆摘錄其中一段如下：「人君之言，當論其是與非是，不當問其戲與非戲。果非是，雖朝出而夕更之不為過，果是，則惟是之行，是則不則謂之為戲也，在王出之為戲，在周公聽之為正。夫人臣之事君，能因事納誨，獎順其君之美，使戲者亦無不歸於正，斯其用意深矣。若必沾沾曰：是戲也，必不可行，待其戲既寢，而又曰：是必不可不行，則凡事之行止前後，惟臣意之所變，而天子不得自行其意，此徒足重君心之難，而事之得相與有成者，不亦寡乎？」王琣字韞輝，號石和，山西孟縣人，康熙丙戌進士，充三朝國史館纂修官，晚為晉陽書院山長。此文駁子厚至微末，評者謂柳州本自留間，乘間攻入，探情抉理，都覺簡切。

今案：桐葉封弟，質之古史，或不必真有其事，此篇首言「古之傳者有言」，知柳公亦以此事為疑也，然柳公之意，則要不在此也，「凡王者之德，在行之何若，設未得其當，雖十易之不為病也，要於其當，不可使易也」，斯則此篇之主旨也，此文當與論語辨合看，以見柳公之政治觀，尤當與柳公在朝，與王叔文等改革政務事，參稽印證，以得其寓寄之心意也，後人徒以文章辨析之層次分明，議論見地之顛撲不破，而稱許之，亦僅得其一偏而已。

論語辯二篇

或問曰：「儒者稱，論語，孔子弟子所記。信乎？」曰：「未然也。孔子弟子，曾參最少，少孔子四十六歲，曾子老而死，是書記曾子之死，則去孔子也遠矣。曾子之死，孔子弟子略無存者矣。吾意曾子弟子之爲之也。何哉？且是書載弟子必以字，獨曾子、有子不然。由是言之，弟子之號之也。然則有子何以稱子？曰：孔子之歿也，諸弟子以有子爲似夫子，立而師之，其後不能對諸子之問，乃叱避而退，則固嘗有師之號矣。今所記獨曾子最後死，余是以知之。蓋樂正子春、子思之徒，與爲之爾。或曰：孔子弟子嘗雜記其言，然而卒成其書者，曾氏之徒也。」

堯曰：「咨爾舜，天之曆數在爾躬，四海困窮，天祿永終。①」舜亦以命禹曰：「余小子履，敢用玄牡，敢昭告於皇天后土，有罪不敢赦。萬方有罪，罪在朕躬；朕躬有罪，無以爾萬方。②」

或問之曰：「論語書，記問對之辭爾；今卒篇之首章，然有是，何也？」

柳先生曰：「論語之大，莫大乎是也。是乃孔子常常諷道之辭云爾。彼孔子者，覆生人之器也。上之堯、舜之不遭，而禪不及己；下之無湯之勢，而己不得為天吏。生人無以澤其德，日視聞其勞死怨呼，而己之德，涸然無所依而施，故於常常諷道云爾而止也。此聖人之大志也，無容問對於其間。弟子或知之或疑之，不能明，相與傳之；故於其為書也，卒篇之首，嚴而立之。」

注釋

①堯曰以下，見論語堯曰篇，而文字略有不同。

②禹下，或當有湯字，以下，為商湯禱雨之辭，履，湯之名也。

析評

茅坤云：

此等辯析，千年以來罕見者。

張伯行云：

亦有證據，但謂盡出曾子之徒，非也。蓋有子亦自有其徒，故稱子。此乃以諸弟子嘗以為師，故稱子，未免襲太史公列傳而誤信之耳。惟程子謂論語之書，成於有子、曾子之門人，故其書獨二子以子稱，較為有據。

何焯云：

欲張孔子之道，而所見不足以發之。

方苞云：

觀此二篇，可知古人讀書，必洞見垣一方人，而後的然無疑，不如此，則朱子所謂以意包籠，如從數里外，望見城郭，輒云我已知此地者，……摽然若秋雲之遠，使人可望而不可及，如出自宋以後人，即所見到此，文境亦不能如此清深曠邃。

吳闓生云：

識議能見其大，文亦雍容有度。柳子志在用世，固以天下自任者。雖不敢邃比宣聖，而意中實有所注，故津津然有味乎其言之也。共和者，天下之公理，古今之通義。今世之論，幾以為自西人而創獲之，不知此義古人莫不解也。如左傳孟子言之詳矣，特詘於因革之大勢而不易挽耳。東坡對策云：「夫天下者，非君有也，天下使君主之耳。」立於專制之朝，而敢昌言如此。然則君主之淫威，自理學盛後乃益熾，與柳子封建論所謂公天下私天下，及此文所謂禪不及己、不得為天吏等語，皆具有共和之精神，最是其學識卓偉處，彼何嘗以一姓之統紀置心目間哉？此文所談偉矣，而理論不無少誤。謂弟子以此尊大夫子之道可也，必謂孔子之不得志，乃取古聖禪代之事而常諷道之，陋矣。闓生兒時嘗為文以難柳子，先大夫甚激賞之，今其稿亦不復存矣。

今案：孔子在歷史上之地位，言人人殊，有以教授老儒視之者，有以儒弱術士視之者，有以古史胥吏視之者，有以至聖先師視之者，是矣，而皆未之能盡孔子也，孔子嘗自言大道之行，三代之英，天下為公，選賢與能矣，其棲棲遑遑，苦心救世，內以修己，外以治人，所謂內聖外王之道者，究何所在歟？然則，「禪不及己」之嘆，亦非不可能也，千載之下，唯柳子具此卓識，知孔子必不以尊君卑臣為不可易也。

箕子碑

凡大人之道有三：一曰正蒙難①，二曰法授聖，三曰化及民。殷有仁人曰箕子②，實具茲道，以立于世。故孔子述六經之旨，尤殷懃焉③。

當紂之時，大道悖亂，天威之動不能戒，聖人之言無所用。進死以併命，誠仁矣④，無益吾祀故不爲；委身以存祀，誠仁矣⑤，與去吾國故不忍。具是二道，有行之者矣。是用保其明哲，與之俯仰，晦是謨範，辱於囚奴，昏而無邪，隤而不息。故在易曰「箕子之明夷」⑥，正蒙難也。及天命既改，生人以正。乃出大法⑦，用爲聖師，周人得以序彝倫而立大典⑧。故在書曰「以箕子歸，作洪範」，法授聖也。及封朝鮮，推道訓俗，惟德無陋，惟人無遠，用廣殷祀，俾夷爲華，化及民也⑨。率是大道，叢于厥躬，天地變化，我得其正，其大人歟？

於虖！當其周時未至，殷祀未殄，比干已死，微子已去，向使紂惡未稔而自斃，武庚念亂以圖存，國無其人，誰與興理？是固人事之或然者也。然則先生隱忍而爲此，其有志於斯乎？唐某年作廟汲郡，歲時致祀⑩。嘉先生獨列於易象，作是頌云：

蒙難以正，授課以謨。宗祀用繁，夷民其蘇。憲憲大人⑪，顯晦不渝。聖人之仁，道合隆汚。明哲在躬，不陋爲奴。冲讓居禮，不盈稱孤。高而無危，卑不可踰。非死非去，有懷故都。時詘而伸，卒爲世模。易象是列，文王爲徒⑫。大明宣昭，崇祀式孚。古闕頌辭，繼在後儒。

注釋

①蒙，犯也，正蒙難，以正而犯難也。

②論語微子：「微子去之，箕子為之奴，比干諫而死，孔子曰，殷有三仁焉。」

③謂下文易書所載是也。

④指比干。

⑤指微子。

⑥易明夷六五：「箕子之明夷。」夷，傷也，言箕子傷己之明德，以避禍也。

⑦大法，洪範也。

⑧書洪範：「天乃錫禹洪範九疇，彝倫攸序。」
⑨箕子走之朝鮮，武王因以封之，箕子在朝鮮，敎民禮義，於是大治。
⑩汲郡，紂之故都。
⑪憲憲，與盛貌。
⑫易明夷象曰：「明入地中，明夷，内文明而外柔順，以蒙大難，文王以之。」

析評

蔣之翹云：
似從論語「殷三仁」起論，而「於虖」以下，一往更有深情。

黃震云：
子厚發明箕子之道，善矣，但恐不當於三人分輕重。

洪邁云：
子厚嘗自言，每為文章，本之詩、書、春秋、易，參之穀梁、孟荀、莊老、國語、離騷、太史公，此篇神骨，有關世教，真得經史之奧，學者宜熟思之。

謝枋得云：

此等文章，天地間有數，不可多見，惟杜牧之絕句詩一首似之，題烏江項羽廟云：「勝敗兵家不可期，包羞忍恥是男兒；江東子弟多豪俊，卷土重來未可知。」

茅坤云：

子厚文字，多模前人體式，唯「當其時」一段，自出新意，此古人心思未及者也。

何焯云：

此貞元間文，詞理淳雅，集中亦不多得。「進死以併命」至「故不忍」，微子遯於荒野，非若紀季入齊，委身而與亡吾國，尚考經不詳。出大法于改命之後，則非與亡吾國；「廣殷祀于……」，則非無益殷祀。「晦是謨範，」伏下之根。「推道訓俗，」承上之緒。「當其周時未至」至「其有志于斯乎？」孔子仁之尤在明夷，故收處獨歸重正蒙難一節，法授聖者，非所期也。化及民者，其緒餘也。

張侗初云：

善作文者，兒戲事說出大體，敗局中看出勝着，乃妙。如桐葉封弟辨、箕子碑陰，皆是從無說有，從虛說實，乃見過人處。

盧元昌云：

首立三柱，以次應還，似正意却是客也。結後一段，是作者大意所在。

林雲銘云：

殷之三仁，却用三般作用，夫子亦未明言其所以然。但微、比之作用易見，而箕子之作用難知。卽後來作洪範，封朝鮮，皆非蒙難時所能預知。且與殷無干涉，雖列於易象，其一段佯狂苦衷，總無處討消息。欲撰此等文，又抛不下作洪範等事。細思篇中最難安頓。看他提出大人來為客，先把正蒙難一道，帶出法授聖化及民二道，立個冒頭，隨點出仁人來為主。因撇開比干併命，微子存祀二道，認他脚根，然後把他畢生事業，段段分應大人之道說。卽從其不為微子比干處，推出他當日用心，全在殷將亡未亡時希冀萬一，則仁人之苦衷畢現。其布置甚費斡旋。坊本或只摘出末段，可謂不善讀古書者矣。

吳楚材吳調侯云：

前立三柱，真是天外三峯，卓然峭峙。「於虖」以下，忽然換筆，一往更有深情。

孫琮云：

前幅總提分應，平列三段，此是就箕子身上實寫。後幅另發一意，獨作一段，此是就箕子意中虛寫。有實寫，字不蹈空；有虛寫，筆不犯實。

林紓云：

「箕子」一碑，立義壯闊。一曰，正蒙難。二曰，法授聖。三曰，化及民。三項並列，就文讀之，似箕子生平實兼是三德。而柳州之文，亦正重此「正蒙難」一層。謂箕子之辱於囚奴者，有所希望也。握要之言，在周時未至，殷祀未殄，比干已死，微子已去，向使紂惡未稔而自斃，武庚亂以圖存，國無其人，誰與興理。能寫出箕子不得已之苦心，作無如何之屈節，方見得是「正蒙難」，方見得是箕子之明夷，辱於囚奴，實有待也。不惟史眼如炬，而且知聖功深。是一篇醇正堅實，千古不磨之文字。頌中言聖人之仁，道合隆汙；又言非死非去，有懷故都，正聲明文中「正蒙難」之故，欲俟脫難之後，使朝廷歸服於正也。

章行嚴云：

殷有三仁，分際相埒，推論語微旨，似所詣各有所當，了無是非畸正之可言。獨子厚是碑，以箕子為獨得，而以各有所失，歸之二人。其謂比干之死為「無益吾祀」，猶於負面詆之也，至稱微子之去為「與去亡吾國」，儼正面加以譴責，較之顧亭林言匹夫興亡有責之責在亡，語尤刻至。黃震曰：「子厚發明箕子之道，善矣，但恐不當於三人分輕重」，理或然歟！至序之末幅，於虖以下一大段：「當其周時未至，殷祀未殄，比干已死，微子已去，向使紂惡未稔而自斃，武庚念亂以圖存，國無其人，誰與興理？是故人事之或然者也，然則先生隱忍而為此，其有志於斯乎！」此乃子厚大展抱負，隱隱以箕子自喻，絕非僅僅於殷周間推測其人事之或然也。觀於他日致許孟容書：「過不自料，勤勤勉勵，唯以中正信義為志，以興堯舜孔子之道、利安元元為務」云云，斯殆以唐無其人，誰與興理自期，不遜於孟子舍我其誰之概。夫世每咎子厚與叔文親善為比匪，而子厚固絕對否認之也，藉曰匪焉，由子厚稱箕子「晦是謨範，辱於囚奴，昏而無邪，隤而不息」，以為顯例，則彼仍將深結二王，刻意隱忍，期於念亂以圖存也，殊不難一索而得。……此碑謝枋得評價極高，文章軌範中收柳文僅六篇，而此碑其一。其說曰：「此等文章，天地間有數，不可多見，惟杜牧詩一首似之。題項羽烏江廟詩云，勝敗兵家不可期，包羞忍恥是男兒，江東子弟多豪俊，卷土重來未可知。」右說着眼在隱忍二字。夫疊山以向後志存興宋而尊此文，子厚以從前迫切興唐而作斯頌，兩賢憂國仁民，隱衷如一。

今案：大人之道，雖曰有三，而此文所重，專在正蒙難，法授聖與化及民，則為輔佐而已。殷之仁人，雖曰有三，而此文所重，專在箕子一人，微子比干，特為輔襯而已。「然則先王隱忍而為此，其有志於斯乎」，為此文之主旨，亦柳公取以自喻者也，此文當與桐葉封弟辯合看，皆柳公寓言寄意之作也。

捕蛇者說

永州之野產異蛇①，黑質而白章，觸草木，盡死。以齧人，無禦之者。然得而腊之以為餌②，可以已大風攣踠瘻癘③，去死肌，殺三蟲④。其始，大醫以王命聚之，歲賦其二。募有能捕之者，當其租入。永之人爭奔走焉。

有蔣氏者，專其利三世矣。問之，則曰：「吾祖死於是，吾父死於是，今吾嗣為之，十二年，幾死者數矣。」言之，貌若甚慼者。

余悲之，且曰：「若毒之乎？余將告於蒞事者，更若役，復若賦，則何如？」

蔣氏大戚，汪然出涕曰：「君將哀而生之乎？則吾斯役之不幸，未若復吾賦不幸之甚也。嚮吾不為斯役，則久已病矣。自吾氏三世居是鄉，積於今六十歲矣，而鄉鄰之生日蹙，殫其地之出，竭其廬之入，號呼而轉徙，饑渴而頓踣，觸風雨，犯寒暑，呼噓毒癘⑤，往往而死者相藉也。曩與吾祖居者，今其室十無一焉；與吾父居者，今其室十無二三焉；與吾居十二年者，今其室十無四五焉。非死，而徙爾，而吾以捕蛇獨存。悍吏之來吾鄉，叫囂乎東西，隳突乎南北⑥，譁然而駭者，雖雞狗不得寧焉。吾恂恂而起，視其缶，而吾蛇尚存。則弛然而臥謹食之，時而獻焉。退而甘食其土之有，以盡吾齒。蓋一歲之犯死者二焉，其餘，則熙熙而樂。豈若吾鄉鄰之旦旦有是哉。今雖死乎此，比吾鄉鄰之死，則已後矣。又安敢毒耶！」

余聞而愈悲。孔子曰：「苛政猛於虎也。⑦」吾嘗疑乎是。今以蔣氏觀之，尤信。嗚呼！孰知賦斂之毒，有甚是蛇者乎？故爲之說，以俟夫觀人風者得焉。

注釋

①永州，今湖南零陵縣。

②腊，音昔，乾肉也。餌，藥餌也。

③大風，痲瘋也。攣踠，手足曲不能伸之病。瘻癘，惡瘡也。

④死肌，腐爛之肌。三蟲，謂寄生人體之蟲，為人害者。

⑤毒癘，瘴氣也。

⑥隳，毀壞也。突，觸擊也。

⑦見禮記檀弓。

析評

韓醇云：

公謫永州時作，謂當時賦斂毒民，其烈如是。

蔣之翹云：

此小文耳，却有許多大議論，大抵子厚必先得孔子苛政猛於虎一句，然後有一篇之意者，唐宋人往往如此。

樓昉云：

犯死捕蛇，乃以為幸，更役復賦，反以為不幸，此豈人之情也哉，必有甚不得已者耳，此文抑揚起伏，宛轉斡旋，含無限悲傷悽惋之態，若轉以上聞，所謂言之者無罪，聞之者足以為戒。

林希元云：

此有用之文，非相如楊雄流也，豈可以非漢文而少之。

楊維楨云：

（嚮吾不為斯役，久已病矣）此句一篇之綱，余觀人果有苦於任賦而逃服雜役者，深有味乎斯言。

儲欣云：

捕蛇者說，仁人之言。余按唐賦法本輕于宋、元，永州又非財賦地，為國家所仰給，然其困如此。況以近世之賦，處財賦之邦，酷毒當何如耶？讀此能不黯然。

林雲銘云：

按唐史元和年間，李吉甫撰國計簿，上之憲宗。除藩鎮諸道外，稅戶比天寶四分減三；天下兵仰給者，比天寶五分增一，大率二戶資一兵。其水旱所傷，非時調發，不在此數。是民間之重斂，難堪可知。而子厚之謫永州，正當其時也。此篇借題發意，總言稅賤之害。民窮而徙，而徙死漸歸於盡。淒咽之音，不忍多讀。其言三世六十歲者，蓋自元和追計六十年以前，乃天寶六七年間。正當盛時，催科無擾。嗣安史亂後，歷肅、代、德、順四宗，皆在六十年之內，其下語俱有斟酌，煞是奇文。

何焯云：

「永之人爭奔走焉」，此句伏下「悍吏之來吾鄉」至「又安敢毒耶」，雖無奇特，亦自雋快。此篇削去其三之一何如？

過珙云：

此本借捕蛇以論苛政，故前面設為之辭，與捕蛇者應答，驚奇詭譎，令人心寒膽栗。後却明引「苛政猛于虎」事作證，催科無法，其害往往如此。淒咽之音，不堪朗讀。

孫琮云：

只就「苛政猛於虎」一語，發出一篇妙文，中間寫悍吏之催科，賦役之煩擾，十室九空，一字十淚，中谷哀鳴，莫盡其慘。然都就蔣氏口中說出，子厚只代述得一遍，以敘事起，入蔣氏語，出一「悲」字，後以「聞而愈悲」，自相呼應，結乃明言著說之旨。一片憫時深思、憂民至意，拂拂從紙上浮出，莫作小文字觀。

余誠云：

永州三段是言蛇之毒，予悲三段是言賦歛之毒甚是蛇。言蛇之毒處說得十分慘，則言賦歛之毒甚是蛇處更慘不可言。文妙在將蛇之毒及賦歛之毒甚是蛇，俱從捕蛇者口中說出。末只引孔子語作證，用「孰知」句點眼。在作者口中，絕無多語。立言之巧，亦即結構之精。末說到俟「觀人風者得焉」，足見此說關係不小。

蔡鑄云：

當時賦斂煩苛，民不聊生，子厚感愴於中，因藉捕蛇者之言立論，以規諷當世。又按此篇亦是空中結撰，不必有捕蛇之人，不必有捕蛇之事，妙在將賦斂之毒於蛇處，俱借將氏口中說出，作者只加「孰知」二字，全不費力。此與昌黎「送李愿歸盤谷序」同是一格。此韓、柳之所并稱，而髯蘇不敢學步也。

朱宗洛云：

作者意中先有「苛政猛於虎」句，因借捕蛇立說，想出一毒字，為通篇發論之根。或從捕蛇之毒，形出供賦之尤毒。或極言供賦之毒，見得捕蛇之毒尚不至是。至說到捕蛇雖毒，形以供賦之毒亦不敢以為毒，則用意更深更慘。至其抑揚唱嘆，曲折低徊，情致正復纏綿也。中間兩段，將供賦捕蛇，或對勘，或互說，顛倒順逆，用筆固極變化，而題意亦透發無餘矣。至其前後伏筆，及呼應收束，亦一字不苟。「毒」為通篇眼目，起處「則曰」以下，已透出毒字意矣，却只將「貌若甚慼者」句，虛虛按住，而於自己口中說出，此其用筆之變也。以下隨作一跌，轉處着大「慼」字，「汪然出涕」字，此從自己目中，看出毒字。中二段，又從捕蛇者口中形出毒字，此其用筆之又變也。前云「余悲之」，後云「余聞而愈悲」，只增一二字，而前後呼應深淺，令閱者心目了然，此又其筆之以不變為變也。

林紓云：

捕蛇者說胎「苛政猛於虎」而來，命意非奇，然蓄勢甚奇。「當其租入」句，是通篇發端所在，見得賦役之酷。雖祖、父皆死，猶冒為之。然上文止言歲賦其二，未為苛責之詞，而役此者實日與死近。此處若疾入賦之不善，或太息，或譏毀，文勢便太直率矣。文輕輕將更役復賦四字，鞭起蔣氏之言，且不說賦役與捕蛇之害，作兩兩比較，但言民生日蹙，至於死徙垂盡，縮脚用「吾以捕蛇獨存」為句，屹如山立。然此特言大略，但就民之被害而言，尚未說到官吏所以病民之手段。「悍吏之來吾鄉」六字，寫得聲色俱厲。此處若將蛇之典實，拈采掩映，便立時墜落小樣。妙在「恂恂而起」「弛然而臥」，竟託毒蛇為護身之符，應上「當其租入」句。文字從容暇豫中，却形出朝廷之弊政，俗吏之殃民，不待點染而情景如畫。收處平平無奇。

今案：此篇摹自檀弓，不僅仿其用意，亦且仿其文詞，通篇格局，亦極相近，然子厚之在永州，不必真見苛征之事，不必真有捕蛇之人，文章雖就永州所知舉例，事實則不必專就永州一地為說，是以啓廸雖自孔子一語而來，寓意則可為天下庶民請命，以見當時各地賦斂之苛，百姓肆應之苦，若專局於永州一地言之，則恐非子厚當時之心意也。

羆說

鹿畏貙①，貙畏虎，虎畏羆②。羆之狀，被髮人立，絕有力而甚害人焉。

楚之南有獵者，能吹竹為百獸之音。昔云③：持弓矢，甖火而即之山④，為鹿鳴以感其類。伺其至，發火而射之。貙聞其鹿也，趨而至。其人恐，因為虎而駭之。貙走而虎至。愈恐，則又為羆。虎亦亡去。羆聞而求其類。至，則人也，捽搏挽裂而食之⑤。

今夫不善內而恃外者，未有不為羆之食也。

注　釋

①貙，音初，似貍而大。

②羆，似熊，黃白色。

③昔云，當作「嘗」，一云，或作「寂寂」。

④甖，音因，瓦器，藏火，藏火於甖中也。

⑤捽，音租，持也。

析評

何焯云：

總領三句，甚健。

林紓云：

在「不善內而恃外」句，與謫龍說同，似信手拈來，得此句後，始足成全文者。

孫月峯云：

是南華「夔憐蚿」起法。

章行嚴云：

子厚善為小文，每一文必提數字結穴，使人知儆，三戒其著例也，而羆說則重在「不善內而恃外」一語。從來不善內而恃外，其例何常之有？如周幽王舉烽媚褒姒，淮南子所述黎邱之鬼故事，皆恃外之失，至死諸葛走生仲達，又恃外而偶成，實則恃外而偶成，亦其平昔善內所致，卒乃正負之效一致。

今案：此篇之作，子厚或有所指而言，或有所感而發，唯不能確認之也，此文篇幅雖短，而章法則頗完備，寓意亦足令人三思者。

宋清傳

宋清，長安西部藥市人也。居善藥①，有自山澤來者，必歸宋清氏，清優主之。長安醫工，得清藥，輔其方，輒易讎②，咸譽清。疾病庀瘍者③，亦皆樂就清求藥，冀速已。清皆樂然響應。雖不持錢者，皆與善藥。積券如山，未嘗詣取直。或不識，遙與券，清不爲辭。歲終，度不能報，輒焚券，終不復言。

市人以其異，皆笑之曰：「清，蚩妄人也。」或曰：「清其有道者歟！」清聞之曰：「清，逐利以活妻子耳，非有道也。然謂我蚩妄者，亦謬。」

清居藥四十年，所焚券者百數十人。或至大官，或連數州，受俸博，其餽遺清者相屬於戶；雖不能立報，而以賒死者千百，不害清之爲富也。清之取利遠，遠，故大。豈若小市人哉，一不得直，則怫然怒，再則罵而仇耳，彼之爲利，不亦翦翦乎④，吾見蚩之有在也。清誠以是得大利，又不爲妄。執其道不廢，卒以富。求者益衆，其應益廣。或斥棄沉廢，親與交，視之落然者，清不以怠，遇其人，必與善藥如故。一旦復柄用，益厚報清。其遠取利皆類此。

吾觀今之交乎人者，炎而附，寒而棄，鮮有能類淸之爲者。世之言，徒曰市道交⑤，嗚呼！淸，市人也，今之交，有能望報如淸之遠者乎？幸而庶幾，則天下之窮困廢辱，得不死亡者衆矣，市道交豈可少耶？

或曰：「淸，非市道人也。」柳先生曰：「淸居市不爲市之道，然而居朝廷，居官府，居庠塾鄕黨，以士大夫自名者，反爭爲之不已，悲夫！然則淸非獨異於市人也。」

注釋

①居，積蓄也。

②讎，售也。

③疕，音庀，頭瘡也。瘍，音羊，身瘡也。一本作「咸譽淸，信能療病，故病者」。

④翦翦，淺短貌。

⑤史記廉頗傳：「夫天下以市道交。」市道交，謂市井交易之道，重利忘義也。

析評

韓醇云：

公此文在謫永州後作，蓋謂當時之交遊者，不為之汲引，附炎棄寒，有愧於清之為者，因託是以諷。

茅坤云：

亦風刺之言。

孫鑛云：

以「市」字貫徹，情深風刺。

李開鄴威符升云：

「市」字一篇照應，「遠」「大」二字是主意。

張伯行云：

宋清多蓄善藥施於人而不求報，卒以此得大利，此古今大有經紀人也。而柳子特推言今之交無此人，又結言清居市不為市道，今以士大夫自名者，反爭為市道，直是無窮感慨。

何焯云：

為此說以冀人之拯己，陋矣！「然而居朝廷、居官府」至末，益陋，此賈豎女子詬其曹耳。柳子其未遠於鄙悖哉！漢武所嘆於汲生之無學也。

孫琮云：

只是借宋清不速望報，調侃世人一番，痛罵世人一番，妙在前幅寫宋清市藥一段，中幅亦寫宋清市藥一段，特于中間忽起二波，寫出人笑宋清一段，宋清解嘲一段，便令文章無波瀾處生出波瀾，無點染處生出點染，峯巒絕佳。

章行嚴云：

子厚集有傳六篇，一宋清，一種樹郭槖駝，一童區寄，一梓人，一李赤，一蝜蝂，皆微者也，而蝜蝂尤一小蟲，所為類稗官游戲，無一大篇重寄之作。……古者人非史官，不敢為人隨意立傳，子厚集中有傳六篇，自宋清以至李赤蝜蝂，大抵比於稗官之屬耳。若段太尉事關史實，意涉論贊，其文並不曰傳而曰逸事狀，此論顧亭林即堅持之，可云特識。

今案：此文既為柳公謫居永州以後所作，則其憤懣之情與感慨之意，實不能無有也，故藉宋清而為之寓寄，以抒發其胸中之塊壘也，「以市道交」，語本意含輕鄙，然以宋清為準，則求能以市道相交者，竟亦不可多睹矣，則市道交，又何可輕之乎！「炎而附，寒而棄，鮮有能類清之為者」，「以士大夫自名者，反爭為之不已，悲乎！」此柳公假宋清之傳以慨嘆世態之冷暖也，是為此文之重心焉。

種樹郭橐駝傳①

郭橐駝，不知始何名。病僂，隆然伏行，有類橐駝者，故鄉人號之駝。駝聞之曰：「甚哉！名我固當。」因捨其名，亦自謂橐駝云。

其鄉曰豐樂鄉，在長安西。駝業種樹，凡長安豪富人爲觀游，及賣果者，皆爭迎取養。視駝所種樹，或移徙，無不活。且碩茂蚤實以蕃。他植者雖窺伺傚慕，莫能如也。

有問之，對曰：「橐駝非能使木壽且孳也，能順木之天以致其性焉爾。凡植木之性，其本欲舒，其培欲平，其土欲故②，其築欲密。既然已，勿動，勿慮，去不復顧。其蒔也若子③，其置也若棄。則其天者全，而其性得矣。故吾不害其長而已，非有能碩茂之也；不抑耗其實而已，非有能蚤而蕃之也。他植者則不然。根拳而土易，其培之也，若不過焉，則不及。苟有能反是者，則又愛之太恩，憂之太勤，旦視而暮撫，已去而復顧。甚者爪其膚以驗其生枯，搖其本以觀其疏密。而木之性日以離矣。雖曰愛之，其實害之；雖曰憂之，其實讎之。故不我若也。吾又何能爲哉。」

問者曰：「以子之道，移之官理，可乎？」駝曰：「我知種樹而已，理，非吾業也。然吾居鄉，見長人者好煩其令，若甚憐焉，而卒以禍。旦暮，吏來而呼曰：『官命促爾耕，勗爾植，督爾穫，蚤繅而緒④，蚤織而縷，字而幼孩⑤，遂而雞豚⑥。』鳴鼓而聚之，擊木而召之。吾小人輟飧饔以勞吏者且不得暇，又何以蕃吾生而安吾性耶。故病且怠若是。則與吾業者其亦有類乎。」

問者嘻曰：「不亦善乎！吾問養樹，得養人術。」傳其事以爲官戒。

注　釋

①橐駞，今通書作駱駝。
②故，舊也。
③蒔，種也。
④繅，與繰同，抽繭出絲也。而，汝也。緒，絲端也。
⑤字，撫育也。
⑥遂，長養也。

⑦飧饔，音孫雍，朝食曰饔，夕食曰飧。勞，慰勞也。

析評

童宗說云：

事有可觸類而長者，聞解牛得養生，問鑄金得鑄人，為天下之道與牧馬何異，牧民之道以牧羊而知，橐駞傳宜其有為而作也。

蔣之翹云：

借議論敘事，略無痕瑕，兼以詳確明快，即不謂規諷世道，作正經文字看，尚得為山家種樹方。

黄震云：

戒煩苛之擾。

林希元云：

此與梓人傳，絕似韓退之圬者傳。

王世貞云：

詩家最忌粘皮著骨，文家都不甚忌，更說得痛切，更覺精神，須讀此傳。

王鏊云：

此數語，只淺淺就植木上說道理，亦說得十分痛快。

李廷機云：

似從孟子養氣工夫體貼出來。

茅坤云：

寫出俗吏情弊，民間疾苦，讀之令人淒然，可與韓文公贈崔復州序參觀。

王慎中云：

歸結處似冷澹，然一篇精神命脈，全賴此句收拾。

張伯行云：

子厚之體物精矣，取喻當矣，為官者當與民休息，而不可生事以擾民。雖曰愛之，適以害之，是可歎也。然所謂煩其令者，雖未得愛之之道，而猶有愛之之心焉。若今日之吏，來於鄉者，追呼耳，掊克耳，是直操斧斤以入山林也，豈特爪其根搖其本已哉！噫！

林雲銘云：

政在養民，卽唐虞不廢戒董，以其能致民之性也。後世具文煩擾，而民始病。郭槖馳種樹之道，若移之官理，便是居敬行簡一副學問。卽充而至於舜之無為，禹之無事，不越此理。然前段以種植之善不善分提，後段單論官理之不善，但云以他植者為戒，不說以槖馳為法，蓋知古治必不易復，省一事，斯民間省一擾，卽漢詔以不煩為循吏之意，非謂居官可以不事事也。細玩方知其妙。

何焯云：

此文王荊公對症之藥也。李云：文不甚高，而論有可存者。

吳楚材吳調侯云：

前寫槖馳種樹之法，瑣瑣述來，涉筆成趣。純是上聖至理，不得看為山家種樹方，末入官理一段，發出絕大議論，以規諷世道。守官者當深體此文。

過珙云：

借種樹以喻居官，與「捕蛇說」同一機軸。

孫琮云：

前幅寫槖駝命名，寫槖駝種樹，寫槖駝與人問答種樹之法，瑣瑣述來，純是涉筆成趣。讀至後幅，陡然接入官理一段，變成絕大議論。于是讀者讀其前文，竟是一篇游戲小文章，讀其後文，又是一篇治人大文章。前後改觀，咄咄奇事。

蔡鑄云：

牧民當順民性，亦猶種樹不可拂其性也。借言規諷，可以垂世。

儲欣云：

順木之天，其義類甚廣。為學養生，無不可通。然柳氏自為長人者而發，後世併促耕督穫之呼，亦無暇及矣。叫囂隳突，雞犬不寧，如捕蛇所云，則無間日夜也，悲夫！

朱宗洛云：

嘗謂大家之文，多以意勝，而意又要善達。其所以善達者，非以詞糾纏敷衍之謂也，蓋一意耳。或借粗以明精，如此文養樹云云是也；或借彼以證此，如以他植者來陪襯是也；或去淺以取深，如既然已，及茍有能反是者，與甚者云云是也；或反與正相足，如中間其本欲舒數句正說，而後又用非有能以反繳是也。至一段中或先用虛提，中用申說，徒用實繳；或兩段中一正一反一逆一順錯間相生；或一篇中前虛後實，前賓後主，前提後應。變化伸縮，則題意自達，不犯糾纏敷衍之病矣。處處樸老簡峭，在柳集中，應推為第一。

今案：此篇與韓文公圬者王承福傳，筆法命意，極為相類，皆於細民微業之中見政理者，文中「碩茂蚤蕃」，為全文眼目，故下文又言「碩茂之」、「蚤而蕃之」，以相呼應，末段「鳴鼓而聚之」以下，與捕蛇者說「悍吏之來吾鄉」一節參看，可見煩苛擾民之害，司馬溫公通鑑，紀憲宗朝，稱子厚善屬文，並於此篇，簡括其詞，而稱許之曰：「凡病且怠，職此故也。」可謂能深識治道之得失利病者也。

童區寄傳

柳先生曰：越人少恩，生男女，必貨視之。自毀齒已上，父兄鬻賣以覬其利①。不足，則盜取他室束縛鉗梏之，至有鬚鬣者②。力不勝，皆屈爲僮。當道相賊殺以爲俗。幸得壯大，則縛取幺弱者。漢官因爲己利，苟得僮，恣所爲，不問。以是越中戶口滋耗③，少得自脫。惟童區寄以十一歲勝，斯亦奇矣。

桂部從事杜周士爲余言之④。童寄者，郴州蕘牧兒也⑤。行牧且蕘，二豪賊劫持反接，布囊其口，去，逾四十里之虛所賣之⑥。寄僞兒啼恐慄，爲兒恒狀。賊易之，對飲酒，醉。一人去爲市，一人臥，植刃道上。童微伺其睡，以縛背刃，力下上得絕。因取刃殺之，逃。未及遠，市者還，得童，大駭，將殺童。遽曰：「爲兩郎僮，孰若爲一郎僮耶！彼不我恩也。郎誠見完與恩，無所不可。」市者良久，計曰：「與其殺是僮，孰若賣之。與其賣而分，孰若吾得專焉。幸而殺彼，甚善。」即藏其尸，持僮抵主人所。愈束縛，牢甚。夜半，童自轉，以縛即爐火燒絕之。雖瘡手勿憚。復取刃殺市者。因大號。一虛皆驚。童曰：「我區氏兒也，不當爲僮。賊二人得我，我幸皆殺之矣。願以聞於官。」

虛吏白州，州白大府，大府召視兒，幼愿耳⑦。刺史顏證奇之⑧，留爲小吏，不肯。與衣裳，吏護還之鄉。鄉之行劫縛者，側目莫敢過其門，皆曰：「是兒少秦武陽二歲⑨，而討殺二豪，豈可近耶！」

注釋

①毀齒，掉乳齒，生新齒也。覬，音寄，望也。

②鉗，以鐵束之。梏，以木拘之。皆古時刑具。鬣，長鬚也。

③秏，少也。

④杜周士，貞元十七年進士，元和中，為桂管從事。

⑤郴，音程，在今湖南郴縣。蕘，採薪也。郴，或當作柳。

⑥虛，同墟，南越方言，謂野市為墟。

⑦愿，謹慎貌。

⑧顏證，顏杲卿之孫，時為桂管刺史觀察使。

⑨戰國策記燕勇士秦武陽，年十三，殺人，人不敢忤視。

析評

韓醇云：

其文曰「桂部從事為余言之」，當在柳州作。

茅坤云：

事亦奇。

孫琮云：

事奇，人奇，文奇。敘來簡老明快，在柳州集中，又是一種筆墨。即語史法，得龍門之神。班、范以下，都以文字掩其風骨，推而上之，其「左」、「國」之間乎！

章行嚴云：

「當道」可得雙關意義，一作當路或要津解，一作橫行於塗路間解。前者謂要津各擁有奴婢，互鬥爭權利，後者謂狹路相逢，無所避忌。……上文有「幸得壯大」字樣，意謂僮而幸得壯大，又掠取他僮以為己利，世代相續，遂成族性。當時之官，固無往非漢人，而此處特顯言者，以示僮之非漢人耳。……淩藥洲（揚藻）海雅堂集卷十九，有書柳子厚童區寄傳後一首云：「柳州蕘牧兒童區寄，以十一歲殺二豪，至鄉之行縛刼者，莫敢過其門，抑何壯哉？吾以為非獨其器與識之異乎人，亦其勢之所值有以激之也。向使逡巡隱忍，罔識夫事機之宜，其不屈而為僮者幾希？又使無隙可伺，賊責之，獲金以去，寄雖黠，不過逋逃以負其主人，亦何從而傳其事耶？甚矣！幾之可乘，而時之勿可失也。夫人當履夷處順，溺乎所便安，末由激發其志氣，惟臨囏厄，遇事變，顛跌摵頓而奮生焉，充其類可以至仁人，次亦不失為慷慨激昂之志士，故知其所當行，無或轉念，天下事不足為也。彼童區寄者，亦若是焉已耳，不然，背刃絕縛，卽鑪瘡手，豈可嘗試於平時者哉？而或者謂：慷慨就死易，君子無取焉，嗟乎！此苟且因循，蒼黃反覆僥倖於利害之私，而卒流為小人之歸者之所以接迹於天下也。」藥洲一生艱苦，蔚成嘉慶朝之學者，蓋有清政局，已由貪黷而趨腐朽，識者激發其志氣，圖一旦得手，從顛跌摵頓中，奮力以整頓天下事，藥洲殆隱於南海之一人耳。

今案：區寄事，頗奇特，柳公之為此篇，或當有所寓意，唯不可詳知耳，韓文公作柳州羅池廟碑，嘗謂：「先時民貧，以男女相質，久不得贖，盡沒為隸，我侯之至，按國之故，以傭除本，悉奪歸之。」新舊唐書柳公本傳所記，亦大略相同，皆可為此文注脚，以相質證者也。

蝜蝂傳

蝜蝂者①，善負小蟲也。行遇物，輒持取，卬其首②，負之。背愈重，雖困劇不止也。其背甚澀，物積，因不散。卒躓仆，不能起。人或憐之，爲去其負。苟能行，又持取如故。又好上高，極其力不已，至墜地死。

今世之嗜取者，遇貨不避，以厚其室，不知爲己累也，唯恐其不積。及其怠而躓也，黜棄之，遷徙之，亦以病矣。苟能起，又不艾③。日思高其位，大其祿，而貪取滋甚，以近於危墜。觀前之死亡不知戒。雖其形魁然大者也，其名人也，而智則小蟲也。亦足哀夫！

注釋

①蝜蝂，音負版，蟲名。

②卬，同仰。

③艾，止也。

析評

黃唐云：

多藏必厚亡，財多必害己，古人所歎，子厚知此，其憎王孫，則為其竊食自實也，其招海賈，則為其以利易生也，腰千金以甘溺，所以哀零陵之氓；貪重負以至死，所以閔蝜蝂之蟲，戒之深矣。然而規權逐私，卒陷黨籍，將言之不能行歟？抑其及禍而後悔歟？……槖駞善負，愈重而後起，然工於為人，故獲養而無害，蝜蝂遇物，愈貪而不已，然無所用，故受禍而莫救。

韓醇云：

公之所言，蓋指當時用事貪取滋甚者。

黃震云：

譏貪者。

蔣之翹云：

此當是子厚貶後自悔之言。

何焯云：

頗峭潔，而無甚高之論。

常安云：

余意後半不說出，止作此體，更蘊藉。

陳仁錫云：

公所諷托，宜其持己剛矣，卒不免於黨錮，豈於此輸一着邪。

林景亮云：

是篇前半刻畫蝜蝂之貪，後半借蝜蝂以喻世之嗜取者，前半為賓，後半為主，故為譬喻法。

章行嚴云：

吾揣此文，子厚為王涯而作，涯與子厚早為友……其人貪權嗜祿，固子厚所不喜，而子厚篤於故舊，亦難摽涯出諸大門之外……子厚文中告誡重重，期之甚殷，息息唯貪取近於危墜是懼，足見作者知涯甚深，並逆料將來禍患之難於倖免。果也，子厚歿後十六年，卽太和九年十一月二十一日，涯年逾七十，以甘露之變，與賈餗、舒元輿，同腰斬於子城西南隅柳樹下。事雖為子厚所不及見，而涯「好上高，極其力不已，至墜地死」，此一必然因果，為傳文所刻畫者，竟未嘗有毫髮爽。何以言之，涯愛積聚，資財鉅萬，藏書殆與秘書相埒，名書畫鑿垣納之，死之日一切蕩盡。時涯兼江南榷茶使，百姓恨之次骨，臨斬，爭投瓦礫如雨，此「其形魁然大者也，其名人也，而智則小蟲也」，白居易有感事詩弔涯云：「禍福茫茫不可期，大都早退是先知」，用意與子厚哀蝜蝂同。

今案：子厚為蝜蝂作傳，自當有寓寄者在，唯確指為某人某事，似亦不必，此文乃分為兩段，合之則為明喻之法，若僅取首段，固亦首尾完具，獨自可以成章者，則係隱喻之體也，莊列之書，類多如是。

哀溺文

永之氓咸善游。一日，水暴甚，有五六氓乘小船絕湘水。中濟，船破，皆游。其一氓盡力而不能尋常①。其侶曰：「汝善游最也，今何後爲？」曰：「吾腰千錢，重，是以後。」曰：「何不去之？」不應，搖其首。有頃，益怠。已濟者立岸上，呼且號曰：「汝愚之甚！蔽之甚！身且死，何以貨爲？」又搖其首，遂溺死。吾哀之。且若是，得不有大貨之溺大氓者乎？於是作哀溺。

吾哀溺者之死貨兮，惟大氓之爲憂。世濤鼓以風湧兮，浩滉蕩而無舟。不讓祿以辭富兮，又旁窺而詭求。手足亂而無如兮，負重踰乎崇丘。既浮頤而滅膂兮，不忍釋利而離尤②。呼號者之莫救兮，愈搖首以沉流。髮披鬟以舞瀾兮③，魂倀倀而焉遊？黿鼉互進以爭食兮，魚鮪族而爲羞。始貪贏以啬厚兮，終負禍而懷讎。前既沒而後不知懲兮，更攬取而無時休。哀茲氓之蔽愚兮，反賊己而從仇。不量多以自諫兮，姑指幸者而爲謀。

夫人固靈於鳥魚兮，胡昧罻而蒙鈎④！大者死大兮，小者死小。善游雖最兮，卒以道夭。與害偕行兮，以死自繞。推今而鑒古兮，鮮克以保其生。衣寶焚紂兮⑤，專利滅榮⑥。豺狼死而猶餓兮，牛腹尸而不盈⑦。民既貿貿而無知兮⑧，故與彼咸諭爲伭。死者不足哀兮，冀中人之爲余再更。噫！

注釋

①八尺曰尋，倍尋曰常。

②離尤，遭禍也。

③鬤，音壤，髮亂也。

④罻，音尉，羅也。

⑤史記記紂兵敗，走入鹿臺，衣其寶玉衣，赴火而死。

⑥國語記周厲王好利，近榮夷公，芮良夫諫之，以為榮公好利而不知大難，故知王室將卑。

⑦尸，亦死也，牛至死，腹猶空。

⑧貿音茂，貿貿，不明貌。

析評

林紓云：

哀溺文與蝜蝂傳同一命意。然柳州每於一篇之中，必有一句最有力量、最透闢者鎮之。文言永民善游，乃以腰千錢之故，不舍而溺。序之結尾，即曰：「得不有大貨之溺大氓者乎！」語極沈重，有關係。文中如「旣浮頤而滅膂兮，不忍釋利而離尤。」「髮披鬤而舞瀾兮，魂倀倀而馬游。」寫溺狀如畫。

章行嚴云：

子厚平生不作無病之呻吟，哀溺當亦非無所為而作，以意揣之，或是警八司馬中之程异。文如「哀茲氓之蔽愚兮，反賊己而從仇，不量多以自諫兮，始指幸者而為謀，夫人固靈於鳥魚兮，胡昧罻而蒙鉤」等語，曰從仇，曰幸者為謀，及後舉「專利滅榮」，意尤軒豁。夫八司馬中，唯异名不見於柳集，而异以善理財著稱，事敗後，獨异起復最早，其因亦卽近幸要挾，指為憲宗聚斂之故，此中所藏巇險，旁觀者豈不見之甚瑩？卒之异無甚自利慾，而勤慎將事，得不如楊炎劉晏之受禍，而優游卒歲，未始不由於有友忠告，知所警惕云。琴南於柳文頗能深入，彼發見大貨大氐一語沈重有關係，則吾擬程异之足勝大氐與否？尚成問題。吾曩謂蝜蝂傳為王涯而作，而以涯之好利過於异，位望亦尊於异，大氐應誰屬者？可不煩言而解。琴南既見到此文與蝜蝂同意，則所擬不妨於涯异二人中酌之。總之此類文字，子厚決非漫無指似而作，可從語重心長中推定，吾與琴南當相與莫逆於心。王涯經歷永貞政變、及元和弒逆兩大關，均得容頭過身以去，而仍高年戀棧，不肯引退，此律之榮公好專利而不知大難綦切，至賊已從仇及指韋者為謀，則又於程异較近。總之心所謂危，卽矢口而出，兩方皆有所指，亦未可知。

今案：柳公此篇，頗有警世意味，文仿楚辭，亦極酷肖，足與韓公羅池廟碑相並轡，其後如劉基所撰賈人渡河一文，因財喪身，卽因此文脫胎而出者也。

三　戒

吾恆惡世之人，不知推己之本，而乘物以逞，或依勢以干非其類，出技以怒強，竊時以肆暴，然卒迨於禍。有客談麋、驢、鼠三物，似其事，作三戒。

臨江之麋

臨江之人畋，得麋麑①。畜之入門，群犬垂涎，揚尾皆來。其人怒，怛之。自是日抱就犬，習示之，使勿動。稍使與之戲。積久，犬皆如人意。麑稍大，忘己之麋也，以爲犬良我友，抵觸偃仆，益狎。犬畏主人，與之俯仰甚善。然時啖其舌。

三年，麋出門外，見外犬在道甚衆，走欲與爲戲。外犬見而喜且怒，共殺食之，狼藉道上。麋至死不悟。

黔之驢

黔無驢，有好事者船載以入。至，則無可用，放之山下。虎見之，尨然大物也，以爲神。蔽林間窺之。稍出近之。慭慭然莫相知②。

他日，驢一鳴，虎大駭，遠遁，以爲且噬已也，甚恐。然往來視之，覺無異能者。益習其聲。又近出前後，終不敢搏。稍近，益狎，蕩倚衝冒。驢不勝怒，蹄之。虎因喜，計之曰：「技止此耳！」因跳踉大㘎③，斷其喉，盡其肉，乃去。

噫！形之尨也類有德，聲之宏也類有能，向不出其技，虎雖猛，疑畏卒不敢取。今若是焉，悲夫！

永某氏之鼠

永有某氏者，畏日④，拘忌異甚。以爲己生歲直子，鼠，子神也，因愛鼠。不畜貓犬，禁僮勿擊鼠。倉廩庖廚，悉以恣鼠，不問。

由是鼠相告，皆來某氏，飽食而無禍。某氏室無完器，椸無完衣⑤，飲食大率鼠之餘也。晝累累與人兼行⑥，夜則竊齧鬭暴，其聲萬狀，不可以寢。終不厭。數歲，某氏徙居他州。後人來居，鼠爲態如故。其人曰：「是陰類惡物也。盜暴尤甚。且何以至是乎哉！」假五六貓，闔門，撤瓦灌穴，購僮羅捕之。殺鼠如丘，棄之隱處，臭數月乃已⑦。

嗚呼！彼以其飽食無禍爲可恆也哉！

注釋

①臨江，唐縣民，在今江西清江縣。麋，似鹿而大。麑，鹿子也。

②憖，音，憖憖，恭敬貌。

③跳踉，足動貌。嚪音淡，食也。

④永，謂永州，今湖南零陵縣。畏日，畏犯日忌也。

⑤椸，音移，衣架也。

⑥累累，連屬貌。

⑦梟，與臭字同。

析評

蘇軾云：

予讀子厚三戒而愛之，又常悼世之人有妄怒以招悔，欲蓋而彰者，游吳，得二事於水濱之人，亦似之，作河豚魚、烏賊魚二說，非有意乎續子厚者也，亦聊以自警。

蔣之翹云：

子厚三戒，臨江之麋則序所稱「依勢以干非類」也，黔之驢，則「出技以怒強」也，永某氏之鼠，則「竊時以肆暴」也，此皆世人之常態耳，故特揭以為戒云。

黃唐云：

子厚三戒，臨江之麋則為「依勢以干非類」者設，永某氏之鼠則為「竊時以肆暴」者設，二說之譏，使強而貪者知所戒也。黔驢之戒，其猶在得失之域乎？使中才庸人得是說，以匿名遁迹，不犯非分，或為得之。然仕於王朝，人以黔驢為戒，不才者隱其不才，不德者晦其不德，而象於有德，則列于庶位，孰非吹等之徒耶？

茅坤云：

予覽子厚所托物賦文甚多，大較由遷謫僻徼，日月且久，簿書之暇，情思所嚮，輒鑄文以自娛云。其旨雖不遠，而其調亦近于風騷矣。

常安云：

麋不知彼，驢不知己，竊時肆暴，斯為鼠輩也。

孫琮云：

讀此文，真如雞人早唱，晨鐘夜警，喚醒無數夢夢。妙在寫麋、寫犬、寫驢、寫虎、寫鼠、寫某氏，皆描情繪影，因物肖形，使讀者說其解頤，忘其猛醒。

林紓云：

麋之恃寵，穉耳。如董賢之類，不過寵威勢貴，尚不至於害人，然其道已足以取死。永之鼠，則分宜之鄢懋卿、趙文華耳。「倉廩庖廚，悉以恣鼠不問」，名為寵之，是預授之以殺身之機倪。「鼠相告偕來某氏」，則小人之招其黨類，稱曰無禍，亦就小人眼中所見而言者，至「竊齧鬭暴，其聲萬狀」，則小人黨中之自鬨，因利而爭，勢所必至。迨「後人來居，鼠熊如故」，曲繪小人之無識，禍至不知斂懼。假貓灌穴之事，遂了了在人意中。文用「彼以其飽食無禍為可恒」句一束，「可恒」二字中，含無盡慨嘆。見得權臣當國，引用黨徒。迨一旦勢敗，則依草附木，悉為豪暴者，匪不盡死，顧終以利故，一不之悟，此所以可哀也。

黔之驢，喻全身以遠禍也。驢果安其為驢，尚無死法。惟其妄怒而蹄，去死始近。孔北海、禰正平；皆龐然大物也。乃不知曹操、黃祖之為虎，怒而蹄之，既無異能，終至於斷喉盡肉而止。故君子身居亂世，終以不出其技為佳。若徐穉、梅福、茅容者，可謂其真不為驢者矣。

章行嚴云：

三戒者，千餘年來，殆為唐文數散最廣之作，幾於無人不讀，亦為指物示戒之典型例子，幾於無人不學。顧人人讀之。而真得其解者殊罕，人人學之，而能窺其神者不可多見。蘇子瞻自謂於柳有特嗜，因讀三戒而愛之，發憤擬作河豚烏賊二說以自警，吾嘗覆卷自思，柳蘇間於此，所浮虎賁中郎之似何許？非惟人不能答，而且己亦莫審，事固如此，吾其奈之何哉？

子厚為小文，序與文併，每以一語提綱，另以一語相映作結。臨江之麋，依勢以干非其類，綱也，麋至死不悟則結；黔之驢：出技以怒強，綱也，技止此耳則結；永某氏之鼠：竊時以肆暴，綱也，以飽食無禍為可恒則結。

今案：柳公小文，最工設喻，蓋意所不明，設為他語以明之也，設喻之法，有全篇衹說一事，全為喻意，而正意僅在言外者，有正喻夾寫，先為喻意，正意僅在篇末點出者，以三戒言之，前者如臨江之麋是也，後者如黔之驢、永某氏之鼠是也，至其內容，則皆足以警世而示戒也。

送薛存義之任序①

河東薛存義將行，柳子載肉於俎，崇酒於觴，追而送之江之滸，飲食之。且告曰：「凡吏于土者，若知其職乎？蓋民之役，非以役民而已也。凡民之食於土者，出其什一，傭乎吏，使司平於我也。今我受其直，怠其事者，天下皆然。豈唯怠之，又從而盜之。向使傭一夫於家，受若直，怠若事，又盜若貨器，則必甚怒而黜罰之矣。以今天下多類此而民莫敢肆其怒與黜罰，何哉？勢不同也。勢不同而理同，如吾民何！有達於理者，得不恐而畏乎！」

存義假令零陵二年矣。蚤作而夜思，勤力而勞心，訟者平，賦者均，老弱無懷詐暴憎。其爲不虛取直也的矣，其知恐而畏也審矣。

吾賤且辱，不得與考績幽明之說②；於其往也，故賞以酒肉而重之以辭。

注　釋

①薛存義，與子厚同為河東人。一本無「之任」二字。

②書堯典：「三載考績，三考，黜陟幽明。」

析評

謝枋得云：

章法句法字法，皆好，轉換多，關鎖緊，謹嚴優柔，理長而味永。

唐順之云：

子厚此序，文辭淳正，雖不及退之，至氣格雄絕，亦退之所不及。

顧迴瀾云：

此篇文勢圓轉，如珠走盤，略無滯礙，論吏者乃民之役，非以役民，議論過人遠甚，中間以傭夫受直怠事為譬，且云勢不同而理同，此識見最高，至於結句，用賞以酒肉而重以之辭，亦與發端數語相應，學者宜玩味之。

蔣之翹云：

此只言民之供賦于吏，吏當治以報之語，意亦淺淺爾，一經子厚手筆，竟不言吏之役民，乃謂吏為民之役，敘得何等鄭重，何等婉轉，何等深入。

金聖歎云：

無多十數句，看其筆勢如蛇，夭矯不就捕。

張伯行云：

臣子為朝廷司牧民之職，當視民如子，自然一體關切。子厚以傭譬之，則已隔一膜矣。然傭而盡其職，猶可原也；傭而流於盜民，其奈之何哉！苟有人心者，尚泚顙於柳子之言否耶？

林雲銘云：

河東子厚故里，零陵即永州屬邑，是兩人生同地仕同方。故送行之語，前規後頌，分外真切。玩「天下皆然」四字，又把同時無數墨吏盡行罵殺。奈墨吏亦有恐而畏者，仍不在理而在勢，恐不盜則黜罰立至矣。一笑。

浦二田云：

創論乃篤論，一則訓邑宰書，身為謫官，分不加尊，辭直如此，可見古道。

過珙云：

受其直怠其事者，天下比比皆是，然猶不足恐而畏也。至盜而貨器者，此輩衣鉢，是時幾遍天下。所謂笑罵由他笑罵，好官還我為之，豈惟不恐而畏，且洋洋得意矣，何可勝嘆！得柳州一筆喝破，官路上人，得無面赤！

孫琮云：

此序大段分兩半篇看：上半篇，是言世俗之吏，不能盡職而達於理者，恐懼而畏。下半篇，是言存義今日正是能盡職而達理恐懼者。末幅，自述作序。大段不過如此。妙在筆筆跳躍，如生龍活虎，不可逼視。

何焯云：

此序詞稍偏激，孟子雖發露，猶自得其平也。

劉熙載云：

柳州係心民瘼，故所治能有惠政，讀捕蛇者說、送薛存義序，頗可得其精神鬱結處。

蔡鑄云：

按河東為子厚故里，零陵即永州屬邑，是兩人生同地而仕同方也。故送行之語，前規後頌，分外真切，一般公僕，宜書一通，置之署側，以觸目警心。

林紓云：

贈序一門，昌黎極其變化，柳州不能逮也。集中贈送序，亦不及昌黎之多。語皆質實，無伸縮吞咽之能，唯送謝存義之任序，真樸有理解，甚肖近來所稱為公僕者。其言曰：「凡吏於上者，若知其職乎？蓋民之役，非以役民而已也。凡民之食於土者，出其十一，傭乎吏，使司平於我也。今我受其直，怠其事者，天下皆然；豈惟怠之，又從而盜之。向使傭一夫於家，受若直，怠若事，又盜若貨器，則必甚怒而黜罰之矣。」文雖直起直落，無迴旋渟滀之工，但一段名言，實漢唐宋明諸老所未能跂及者。柳州見解，可云前無古人。

朱宗洛云：

文不論長短，必須有生龍捉不住光景，仍能以我之靈機，鼓動閱者。但從來靈機活潑之文，未有不於用筆間變化入神者。看此文入手處，用「追」字、「將」字、「且」字，已字字作勢矣。「告曰」下，緊下一斷，又用「非以」二字作一激，已將通篇大意，提得了了。以下就不能盡職者言，或用推進法，或用借形法，或用頓跌法，或用推原法，或用繳足法，一意旋轉中，用筆句句變化，故為短篇極奇橫之文。細玩通篇，總是一擒一縱，故能伸縮如意，其轉換處，亦變化不測。

林景亮云：

官吏公僕之義，自漢唐以來，只柳州見解透闢，但贈人之任，坦然言之，未免過於激直，文於篇末自謙，使激直之言，一變為親密之言，此善於斡旋法也。

章行嚴云：

子厚送薛存義序，乃封建論之鐵板注脚也，兩文相輔而行，如鳥雙翼洞悉其義，可得於子厚所搆政治系統之全部面貌，一覽無餘。子厚之政治理想，完全以「為民之役而非役民」為主幹……「以今天下多類此」至「勢不同也」等句，義門則云：「此言豈可公傳道歟？」尋子厚此言，等於暗示革命，而為勢所扼，義師不可得起，「如吾民何」四句，不啻長言而詠歎之也。此等關目，宜為冬烘頭腦所不能解。義門又云：「此序詞稍偏激，孟子雖發露，猶自得其平。」不知序較孟子更為發露，正子厚獨到之處。唐時政象之不平，過於戰國，清康乾時不許有偏激政論，尤過於貞元，故義門之評驚如此。

今案：**我**國民本思想，發端於孟子，所謂民貴君輕是也，秦政之後，君尊臣卑，民本之義，遂遭錮禁，馴至明末清初，黃梨洲、呂晚邨、顧炎武諸大儒出，始藉種族之義，而倡言民本民權，以迄中山先生，肇建民國，而民本之義，進以為民主之制矣，然而子厚於黃呂顧等數百年前，卽能發為民本之說，以上繼孟軻者，豈非難能而可貴歟？其在政治思想史上，亦當有其應得之地位與評價焉。

陪永州崔使君遊宴南池序①

零陵城南，環以群山，延以林麓。其崖谷之委會，則泓然爲池，灣然爲溪②。其上多楓柟竹箭，哀鳴之禽，其下多芡芰蒲蕖③，騰波之魚，韜涵太虛，澹灩里閭④，誠游觀之佳麗者已。

崔公既來，其政寬以肆，其風和以廉，既樂其人，又樂其身。于暮之春，微賢合姻，登舟于玆水之津。連山倒垂，萬象在下，浮空泛景，蕩若無外。橫碧落以中貫，陵太虛而徑度。羽觴飛翔，匏竹激越⑤，熙然而歌，婆然而舞，持頤而笑，瞪目而倨，不知日之將暮，則於向之物者可謂無負矣。

昔之人知樂之不可常，會之不可必也，當歡而悲者有之。況公之理行，宜去受厚錫，而席之賢者，率皆左官蒙澤，方將脫鱗介，生羽翮，夫豈趑趄湘中，爲顦顇客耶？余既委廢於世，恒得與是山水爲伍，而悼玆會不可再也，故爲文志之。

注釋

①崔使君，崔敏也，元和中，以御史中丞為永州刺史。
②委會，水聚之處。泓，下深貌。灣，水曲也。
③芡，睡蓮科之水草。芰，小荷。蒲蕖，芙蓉也。
④澹艷，水搖動也。
⑤匏，瓠也，可以為笙。

析評

蔣之翹云：

有詩賦氣，似王維李白之文。

茅坤云：

文瀟灑跌宕，惜也篇末猶多抑鬱之思。

張伯行云：

寫景物之勝，讌遊之樂，而末乃自發其悲感無聊之況。子厚工於文而無見乎道，內既無所得乎己，而未免移乎物，是以當歡而悲，情詞局促如此。此君子所以貴乎知命而樂天也。

常安云：

頗類鮑明遠、江文通一輩吐屬，難其氣清骨勁。

孫琮云：

前幅，寫南池寫遊讌，皆是必不可少之步驟。妙在後幅，忽一段歆羨諸賢，乘時奮飛；忽一段自傷寥落，鬱鬱居此，其歆羨處，真寫得想慕殺人；其自傷處，真寫得顑頷殺人。

儲欣云：

藻逸似李謫仙，而峭厲過之。樂景哀情，抒寫俱盡。

章行嚴云：

子厚慣言楚越之交，地荒人獷，幾於不可一日以處，卽楚人為鬼，亦不可交，獨於陪崔公遊讌，以使君之賢，連帶到部民並和樂可喜。序謂「昔之人知樂之不可常」，就子厚之宦跡以觀，樂誠不可常得，一旦得此，連山倒景，物象全變，己殆不知手之舞之，足之蹈之，此序因成為子厚平生卽景極歡，不少概見之作。茅鹿門曰：「文瀟灑跌宕，惜也篇末猶多抑鬱之思」，須知樂極而悲，情所必至，倘兩情不接，卽見所樂並不得為真樂，此文樂景哀情，抒寫恰到好處，應是人生最高化境。

今案：此篇寫景極美，足與永州八記相提並論，文中「連山倒垂，萬象在下，浮空泛景，蕩若無外」，與潭州東池戴氏堂記所謂「望之，若連艫縻艦，與波上下，就之，顛倒萬物，遼廓眇忽」一段，皆記山水，皆記倒影，而能各極其妙，且一記東池，一記南池，亦佳話也。

愚溪詩序

灌水之陽，有溪焉，東流入於瀟水①。或曰：冉氏嘗居也，故姓是溪曰冉溪。或曰：可以染也，名之以其能，故謂之染溪。余以愚觸罪，謫瀟水上，愛是溪，入二三里，得其尤絕者家焉。古有愚公谷②，今余家是溪，而名莫定，土之居者猶齗齗然③，不可以不更也。故更之爲愚溪。

愚溪之上，買小丘，爲愚丘。自愚丘東北行六十步，得泉焉，又買居之，爲愚泉。愚泉凡六穴，皆出山下平地，蓋上出也。合流屈曲而南，爲愚溝。遂負土，累石，塞其隘爲愚池。愚池之東爲愚堂。其南爲愚亭。池之中爲愚島。嘉木異石錯置，皆山水之奇者，以余故，咸以愚辱焉。

夫水，智者樂也；今是溪獨見辱於愚，何哉？蓋其流甚下，不可以灌溉；又峻急，多坻石，大舟不可入也；幽邃淺狹，蛟龍不屑，不能興雲雨，無以利世；而適類於余，然則雖辱而愚之，可也。

甯武子邦無道則愚⑤，智而爲愚者也，顏子終日不違如愚⑥，睿而爲愚者也。皆不得爲眞愚。今余遭有道，而違於理，悖於事，故凡爲愚者莫我若也。夫然，則天下莫能爭是溪，余得專而名焉。

溪雖莫利於世，而善鑒萬類；清瑩秀徹，鏘鳴金石；能使愚者喜笑眷慕，樂而不能去也。余雖不合於俗，亦頗以文墨自慰，漱滌萬物，牢籠百態，而無所避之。以愚辭歌愚溪，則茫然而不違，昏然而同歸，超鴻蒙混希夷，寂寥而莫我知也。於是作八愚詩，紀於溪石上。

注釋

①瀟水，在今湖南道縣北，源出瀟山。灌水為瀟水之支流。
②說苑記齊桓公出獵，入山谷中，見一老公，問曰：「是為何谷？」對曰：「為愚公之谷。」
③齗齗，爭辯貌，齗，音銀。
④論語雍也：「子曰，知者樂水，仁者樂山。」
⑤論語公冶長：「子曰，寧武子，邦有道則知，邦無道則愚，其知可及也，其愚不可及也。」
⑥論語為政：「子曰：吾與回言終日，不違如愚，退而省其私，亦足以發，回也不愚。」

⑦鴻濛，宇宙大氣也。老子：「聽之不聞名曰希，視之不見名曰夷。」

析評

韓醇云：

公嘗與楊誨之書云：「方築愚溪東南為室。」而此言丘泉溝池堂溪亭島皆具，序當作於書之後，所謂八愚詩，今逸之，可惜也已。

蔣之翹云：

子厚南池愚溪二序，即諸遊記之餘技爾。

茅坤云：

古來無此調，陡然創為之，指次如畫。

王昊云：

借愚溪自寫照，愚溪之風景宛然，自之行事亦宛然。善于作姿，善于寄託。

張伯行云：

獨闢幽境，文與趣會。王摩詰詩中有畫，對之可當臥遊。

何焯云：

詞意殊怨憤不遜，然不露一迹。「愚溪之上買小丘」至「為愚島」，詩有八題，先詳敘于此。「皆山水之奇者」，伏後案。「夫水智者樂也」，愚字對面。「甯武子邦無道則愚」五句，愚字倒面。「溪雖莫利于世」六句，轉出敘詩。「以愚詞歌愚溪」至「莫我知也」，愚字翻身出脫。

林雲銘云：

本是一編詩序，正因胸中許多鬱抑，忽尋出一個愚字，自嘲不已，無故將所居山水盡數拖入渾水中，一齊嘲殺。而且以是溪當得是嘲，己所當嘲，人莫能與。反覆推駁，令其無處再尋出路。然後以溪不失其為溪者代溪解嘲，又以己不失其為己者自為解嘲。轉入作詩處，覺溪與己同歸化境。其轉換變化，匪夷所思。

吳楚材吳調侯云：

通篇就一「愚」字，點次成文。借愚溪自寫照，愚溪之風景宛然，己之行事亦宛然。前後關合照應，異趣沓來，描寫最為出色。

過珙云：

不過借一「愚」字發洩胸中之鬱抑，故將山水亭堂咸以愚辱焉。詞委曲而意深長。

孫琮云：

此篇若只就愚溪上發揮，意味易盡。妙在前幅先將冉溪、染溪二段虛影于前，又將許多愚丘、愚泉、愚溝、愚池增置于後，便令文字有波瀾。後幅借愚溪自抑一段，復借愚溪自揚一段，便令文字有曲折。通篇序詩，俱從愚溪上借端發揮，妙絕。

蔡鑄云：

按此文通篇俱就一「愚」字生情，寫景處歷歷在目，趣極。而末後仍露身份，景中人，人中景，是二是一，妙極。蓋柳州所長在山水諸記也。

儲欣云：

行變化於整齊之中，結構精絕。

章懋勳云：

妙在篇中從一愚字，發出胸中無限嗚咽、許多鬱抑來。將一箇愚字，自為解嘲，隨將所歷山水亭堂，盡數推入渾水中。大家解嘲一番，復把水與智者樂也翻一筆，今是溪獨見辱於愚何哉？不過藉此原一時之心。忽然說到無以利世，慟哭一番，忽然說雖莫利于世，而善鑒萬類，又狂喜一番。正見得溪不失其為溪者，代溪解嘲；又以己不失其為己者，自為解嘲。末將愚溪歌詠作結，溪與己同歸化境，前後抑揚盡致，真旁若無人氣象。

林紓云：

凡紀勝之文，名迹之有數目者，部署最不易妥帖。八愚之詩，統之以愚溪，是溪上之所有者，均隸於是溪者也。以溪為綱，以丘泉溝池諸物為目，孰則弗知。所難者，能以歷落出之。愚丘、愚泉，即由愚溪帶出；溝池二物，則又自愚泉生也。丘也，泉也，溝也，雖出人力，然但資遊涉，非燕魚之所，於是生出愚亭；而愚島則又生自愚池之中。「以愚辱焉」，是總把上文一束。然冒冒失失，把一切溪山辱之以愚，決不能無說以處此。遂極狀溪之不適於世用，用以自況。歸到此溪，不幸而遇愚人，則加以愚名，亦不為無因。顧愚者，拙名也，萬非含垢納汙之比。故又稱善鑒萬類，則識力高也；清瑩秀澈，則立身潔也；鏘鳴金石，則文章麗則也。凡此皆溪之所長，而「愚」字又溪之所短，名為「愚」之，實則非愚。茫然不違，昏然同歸，是莊、列學問，不過世人目中，見為愚耳。文極舒徐，無牢騷意態。

章行嚴云：

此為子厚騷意最重之作，然亦止於為騷而已，卽使怨家讀之，亦不能有所恨，以全部文字，一味責己之愚，而對任何人都無敵意，其所謂無敵意者，又全本乎真誠，而不見一毫牽強，倘作者非通天人性命之源，決不能達到此一境地。袁爽秋曾在日記中記一段曰：「柳子厚居愚溪，自為文曰：超鴻濛，混希夷，寂寞而莫我知也，此莫我知三字，與論語孔子之莫我知，相去何啻霄壤？蓋子厚徒以文辭鳴，特自託於曠達，以寄其牢騷不平之氣耳，其實於天人性命之源，未及夢見。」此誠南方之強之言也，爽秋自以忿悁災其身，因而以忿悁律乎人，其論終嫌一間未達。何義門曾為評曰：「愚溪詩序，辭意殊怨憤不遜，然不露一迹」，夫旣不露一迹，則所論怨憤不遜，豈非故肆苛求？

今案：此篇文詞宛轉，意味深長，通篇以「愚」字為綱，而引出泉溝亭島等八愚之景，繚繞曲折，使人悠然神往，行文至「以余故，咸以愚辱焉」以下，似已至於絕地，疑於舟行若窮矣，然而「溪雖莫利於世，而善鑒萬類」，「余雖不合於俗，亦頗以文墨自慰」，至是則又一轉一揚，恍若江面遼濶，忽又無際矣，柳公以此文自況自嘲，亦以之諷刺世態之炎涼焉。

序飲

買小丘，一日鋤理，二日洗滌，遂置酒溪石上。

嚮之爲記，所謂牛馬之飲者，離坐其背，實觴而流之，接取以飲，乃置監史而令曰：「當飲者舉籌之十寸者三，逆而投之，能不洄於洑，不止於坻，不沉於底者，過不飲。而洄，而止，而沉者，飲如籌之數②」

既或投之，則旋眩滑汩；若舞若躍，速者遲者；去者住者。衆皆據石注視，歡抃以助其勢③。突然而逝，乃得無事。於是或一飲，或再飲。

客有婁生圖南者，其投之也，一洄，一止，一沉，獨三飲。衆乃大笑，驩甚。

余病痞④，不能食酒，至是醉焉。遂損益其令。以窮日夜而不知歸。

吾聞昔之飲酒者，有揖讓酬酢，百拜以爲禮者；有叫號屢舞，如沸如羹以爲極者；有裸裎袒裼，以爲達者；有資絲竹金石之樂，以爲和者；有以促數糺逖而爲密者⑤。

今則舉異是焉。故捨百拜而禮，無叫號而極，不袒裼而達，非金石而和，去糺逖而密。

簡而同，肆而恭，衎衎而從容⑥，於以合山水之樂，成君子之心，宜也。作序飲以貽後之人。

注釋

①鈷鉧潭西小丘記云：「其石之突怒偃蹇爭為奇狀者，不可勝數，其嶔然相累而下者，若牛馬之飲于溪。」

②洄，泝洄也。洑，伏流也。

③抃，音便，兩手相擊也。

④痞，腹內結痛也。

⑤數，音朔，促數，促人數飲。糺，同糾，逖，遠也，糺逖，糾合遠座也。

⑥衎，音堪，和樂貌。

析評

蔣之翹云：

文只平平敘說，其中淺深轉摺得好，讀之如披圖畫。

劉辰翁云：

婁生未必拙，衆人未必巧，或飲或不飲者，溪流不可必，而人事有幸不幸也，士有操名宦之籌，以角勝負於世途之風波者，其為幸不幸，又可勝計耶！

孫琮云：

通篇序飲地、序飲、序監史、序投籌，處處寫得如畫，便是一幅流觴曲水圖。後幅贊美一段，尤覺通篇出色。

林紓云：

短質悍勁，語語入古。且曲狀情事，匪微弗肖。蘭亭之集，紀流觴也，然右軍散朗，但略記其事而已。子厚則窮形盡相，必繪出物狀，以盡其所能。且愚溪之流觴，與蘭亭亦少異，蘭亭但流觴取飲；愚溪則兼有投籌之戲。過洑則籌洄，遇坻則籌止，失勢則籌沈。文連用三「而」字，省筆也，然此但敘令耳。籌入水中，頗不易狀，乃曰，旋眩，滑汩，舞躍，遲速，去住，又助以觀者之勢。覺籌舞水中，人扞石上，兩兩均有生氣，直能頰上添毫矣。後段增入昔人飲酒，禮檢與放達不同，不無少贅。然即歸入本位，覺點染處，尚不為虛設。

今案：此篇序飲，與蘭亭修禊流觴曲水之事相類，而柳公寫來，歡欣活潑，舉措傳神，於動作籌舞之中樂享從容，較之右軍於淡泊寧靜中感慨虛誕者，則又別具一番意味也。

送元十八山人南遊序①

太史公嘗言：「世之學孔氏者，則黜老子，學老子者，則黜孔氏，道不同不相爲謀。」②余觀老子，亦孔氏之異流也，不得以相抗，又況楊墨申商，刑名縱横之說，其迭相訾毀、抵牾而不合者，可勝言耶？然皆有以佐世。太史公沒，其後有釋氏，固學者之所怪駭舛逆其尤者也。

今有河南元生者，其人閎曠而質直，物無以挫其志；其爲學恢博而貫統，數無以躓其道。悉取向之所以異者，通而同之，搜擇融液，與道大適，咸伸其所長，而黜其奇衺③，要之，與孔子同道，皆有以會其趣，而其器足以守之，其氣足以行之。不以其道求合於世，需有意乎古之「守雌」者④。

及至是邦，以余道窮多憂，而嘗好斯文，留三旬有六日，陳其大方，勤以爲諭，余始得其爲人。今又將去余而南，歷營道⑤，觀九疑⑥，下灕水⑦，窮南越，以臨大海，則吾未知其還也。黃鵠一去，靑冥無極，安得不馮豐隆，愬蜚廉⑧，以寄聲於寥廓耶！

注釋

①元十八，未詳其名，唯白樂天遊大林寺序，有河南元集虛者，疑卽其人。

②見史記老子列傳。

③衺，與邪同。

④老子：「知其雄，守其雌，為天下谿。」

⑤營道，漢縣名，屬零陵郡。

⑥九疑，山名，在今湖南寧遠縣。

⑦瀟水，出零陵郡。

⑧青冥，天也。豐隆，雲師。蜚廉，風伯名。

析評

蔣之翹云：

一篇多是筆意，襯虛成實，有致有態。

王世貞云：

疏宕。

孫琮云：

俗學各分門戶，互相詆欺。此文發端處，尤為規頌。入元生，急要之以聖人之道。雖小小應酬之文，不失本領，不放壇坫。末段縹緲之致，使人意遠，幾乎莊生濠上。

章行嚴云：

子厚此書，於言理道各文中，獨見其大而會其極，為術先取異而通同，繼篠同而黜異。夫異由取以逮乎黜，號曰奇邪，語並不含非薄之意，亦如木工治器，斧削後零畸部分而已。別有系統不侔之學，本此奇邪以求會歸，遠馬曰釋，近馬曰揚墨申商刑名縱橫，仍皆可自淑而佐世。子厚持論，殆足統合周秦名理，與歐西邏輯，而得其大方，以退之之聰明，豈其不能解此？集中讀墨子一篇，主張孔墨相為用者，倘屬草在訾嗷子厚之後，則子厚此書，對退之之啓發性極大。由此可見人相非毀，儘可援而得同，而不必各執異見，相與終古也。

今案：此篇氣勢，道勁明快，而結束處，尤見飄逸之姿，當與送僧浩初序，比並合看，以見柳公對於浮屠之主張；韓文公攘斥佛老，然昌黎集中，有贈別元十八協律詩六首，其中一首嘗云：「吾友柳子厚，其人藝且賢，吾未識子時，已覽贈子篇。寤寐想風采，於今已三年，不意流竄路，旬日同食眠。所聞昔已多，所得今過前，如何又須別？使我抱悁悁。」是韓公於元十八，亦夙所欽慕，不以其出入佛老而有所抵拒之也，班孟堅論諸子之學嘗云：「今異家者，各推所長，窮知究慮，以明其旨，雖有蔽短，合其要歸，亦六經之支與流裔，使其人遭明王聖主，得其所折中，皆股肱之材已」亦足為柳公此文注脚。

送僧浩初序①

儒者韓退之與余善，嘗病余嗜浮圖言，訾余與浮圖游。近隴西李生礎自東都來，退之又寓書罪余，且曰：「見送元生序②，不斥浮圖。」浮圖誠有不可斥者，往往與易、論語合，誠樂之。其於性情奭然③，不與孔子異道。

退之好儒，未能過揚子；揚子之書，於莊、墨、申、韓，皆有取焉④。浮圖者，反不及莊、墨、申、韓之怪僻險賊耶？曰：「以其夷也。」果不信道而斥焉以夷，則將友惡來、盜跖，而賤季札、由余乎⑤？非所謂去名求實者矣。吾之所取者，與易、論語合，雖聖人復生，不可得而斥也。

退之所罪者，其跡也。曰：髡而緇⑥，無夫婦，父子，不爲耕農蠶桑而活乎人。若是，雖吾亦不樂也。退之忿其外而遺其中，是知石而不知韞玉也。吾之所以嗜浮圖之言以此。與其人游者，非必能通其言也。且凡爲其道者，不愛官，不爭能，樂山水而嗜閑安者爲多。吾病世之逐逐然唯印組爲務，以相軋也，則舍是其焉從。吾之好與浮圖遊以此。

今浩初閑其性，安其情，讀其書，通易論語，唯山水之樂，有文而文之，又父子咸爲其道，以養而居，泊焉而無求；則其賢於爲莊、墨、申、韓之言，而逐逐然唯印組爲務以相軋者，其亦遠矣。

李生礎，與浩初又善，今之往也，以吾言示之。因北人寓退之⑦，視何如也。

注釋

①浩初，龍安海禪師之弟子。

②子厚有送元十八山人南遊序。

③奭然，愉快貌。

④楊雄云：「莊周有取乎，曰少欲。」又云：「莊楊蕩而不法，墨晏儉而廢禮，申韓險而無化。」是楊雄唯取莊周，不取墨翟等人也。

⑤惡來，紂臣。盜跖，大盜。季札，吳王闔廬少子。由余，西戎人，秦穆公用之而霸。

⑥剃髮曰髡，緇，黑色，僧人衣黑，曰緇流。

⑦北人，或作「此人」，疑是。

析評

蔣之翹云：

昌黎力排釋氏，與孟夫子闢楊墨同功，自是千古卓見，宗元反訾之，以為其教與易論語合，誠樂之，則何不樂其易論語，乃樂其合乎易論語者，且曰樂山水，嗜閑安，又論之淺淺者矣，其文特澹宕可誦。

陳長方云：

子厚作序皆平平，唯送僧浩初一序，真文章之法。

童宗說云：

仕於戰國者，尊王道不得不嚴，生暴秦之後，言仁政不得不切，貞元元和間 此何等時耶？以人主而惑於異端，大臣且又和之，則昌黎之辨不得不已甚也，子厚反因其徒而深與之，其如抱薪救火何？

黃震云：

專闢退之之闢佛。愚謂退之言仁義，而子厚異端；退之行忠直，而子厚邪黨，尚不知愧而反操戈焉。子厚自以為智不遂，當矯名曰愚。吾見其真愚耳。

金聖歎云：

通篇如與退之辨難，殊不知都是憑空起波。前「嗜浮圖言」、「與浮圖遊」二句，如棋之勢子，中二大幅如下棋，後入浩初，如棋刦也。

林雲銘云：

韓退之佛骨一表，孟簡一書，俱在禍福上論，亦就世俗之見而言耳。至原道篇，言棄而君臣，去而父子，禁而相生相養之道，以為佛罪。其意謂大段已失，縱有合於儒處，總不足問，非全不知佛理也。子厚細細分別，還他一箇是非，可謂持平之論。又以世人營營名利，浮屠多樂山水，嗜閒安，放謫之餘，無可與語，因與人游，卽退之貶朝州，稱大顛能外形骸，以理自勝，相與往來之意，亦非去儒以從其教也。二公良友責善，同中有異，異中有同，均不詭於儒為主。今人茫不知儒為何事，粗知數篇爛時文，僥倖圭組，多行不義。晚歲怵於因果報應之說，佞佛求懺，反訾退之不知佛理，或䁥然不顧口饜粱肉，斥人茹蔬；家羅黛脂，斥人耽寂。自以為觝排異端，有功聖學，因病子厚之失正，此孔門所謂無忌憚之小人而已。故惟有退之之見，然後可以闢佛；有子厚之見，然後可以嗜佛也。

何焯云：

「而賤季札由余乎」，季札由余用夏變夷者也。「吾之所取者與易、論語合」，不暇遠引，與易之乾坤、論語之本立道生猶有合否也？「無夫婦父子」至「不知韞玉也」，此遁詞耳。天下豈有外倫而能盡性者乎？「且凡為道者」四句，所長止此，何至去人倫無君父以狥之哉！然則柳子可謂昧于輕重者矣。此篇柳子極用意之作。

孫琮云：

只是欲說自己喜與浩初遊，樂與浩初言，先說出兩大段浮屠之言可嗜，浮屠之人可遊，為一篇斷案，欲寫此兩段斷案，先借退之病余與浮屠言，與浮屠遊二段，為一篇翻案。于是翻案在前，斷案在中，定案在後，便將自己出豁得乾乾淨淨，真是絕不費力文字。

陳天定云：

佛法金湯，總不出此數言，文品特峭潔。

章行嚴云：

茲一序也，不啻向退之提一戰書，而促其返答。一、浮屠之言，與易論語合，聖人復生，不可得而斥，退之於聖人何如？二、浮圖於性情，不與孔子異道，退之如何自安頓其性情？三、浮圖之言，勝於莊墨申韓之怪僻險賊，楊雄與莊墨申韓有取，胡乃退之於浮圖無取？四、退之攻浮圖以夷，此乃混名實而一之；由退之之言，不獨季札由余不可友，而且退之自張為道統之五帝三王，應先去東夷之人舜，與西夷之人文王。五、退之罪浮圖以跡，以跡而言，子厚也不樂，蓋石之中有韞玉，退之胡乃忿其外而遺其中？六、浮圖不愛官，不爭能，樂山水而嗜閑安，子厚因從之遊，而退之罪焉；退之之意，是否要求子厚從己之後，逐逐然唯印組為務以相軋？是否退之三上宰相書不報，即悄然逸去，此一套忍辱含垢本領，將傳之貶竄十年不得量移之子厚？茲六義者，以當時情勢推之，在無君皇皇貪色好博之退之，幾無一義能以強作答案。嘗論退之之佛骨表，乃一行險僥倖之敲門磚也，一擊得中，可能印易式而組易色，不幸而貶，亦得以尊王攘夷欺天下後世，博諫諍，享高名以去，此顯然是逐逐相軋中一小小序幕，於浮圖是非成敗，絲毫不生聯誼。子厚責退之罪浮圖以跡，其實退之罪浮圖以名耳，跡還有所不足。倘以跡也，退之不應乍遭竄斥，即迎大顛和尚講道，以送其岑寂生涯，更不應與其他浮圖遊從，兼贈序寵之。己戯與浮圖遊，而翻以交浮圖責子厚，如此責己輕約，而責人重周，不知草原毀時，筆如何下法？

今案：韓柳二人，對於浮屠，觀點不一，然其異中有同，同中有異，後人各以所好，攻其所惡，固屬非是，卽強以己意，斷二公之是非者，亦屬心勞而力拙也，闢佛與嗜佛，要當就二公當時切身所處，親身所感者，論其所見，斯則可矣，就文章言，則韓公之文稍急迫，不若柳公之詞意較平和也。

潭州東池戴氏堂記①

弘農公刺潭三年②，因東泉爲池，環之九里。丘陵林麓距其涯，坻島洲渚交其中，其岸之突而出者，水縈之若玦焉③。池之勝，於是爲最。

公曰：「是非離世樂道者，不宜有此。」卒授賓客之選者。

譙國戴氏曰簡，爲堂而居之。堂成，而勝益奇。望之，若連艫，縻艦，與波上下。就之，顛倒萬物，遼廓眇忽。樹之松柏杉櫧，被之菱芡芙蕖④。鬱然而陰，粲然而榮。凡觀望浮游之美，專於戴氏矣。

戴氏嘗以文行累爲連率所賓禮，貢之澤宮⑤，而志不願仕。與人交，取其退讓。受諸侯之寵，不以自大。其離世歟！好孔氏書，旁及莊、文，莫不總統。以至虛爲極，得受益之道。其樂道歟！賢者之舉也必以類，當弘農公之選，而專茲地之勝，豈易而得哉！地雖勝，得人焉而居之，則山若增而高，水若闢而廣，堂不待飾而已奐矣。

戴氏以泉池爲宅居，以雲物爲朋徒，攄幽發粹⑥，日與之娛。則行宜益高，文宜益峻，道宜益懋，交相贊者也。既碩其內，又揚於時，吾懼其離世之志不果矣。

君子謂弘農公刺潭得其政，爲東池得其勝，授之得其人，豈非動而時中者歟！於戴氏堂也，見公之德，不可以不記。

注　釋

①潭州，今長沙也，永貞元年，子厚謫永州，過潭州而作此文。
②楊憑，字嗣仁，弘農人，貞元十八年，為潭州刺史，湖南觀察使。
③玉佩半環曰玦。
④芡，亦菱也。芙蕖，荷花也。
⑤率，與帥同，謂為方鎮所辟也。澤宮，古習射之地，所以擇士也。
⑥攄，音主，舒也。

析　評

將之翹云：

中有雋語，綴景若畫。

虞集云：

此篇既要揄揚楊公，又要揄揚戴氏，布置最為得法。

唐順之云：

周匝曲折渾成，此柳文之佳者。

王世貞云：

文至淡而濃，極密而疏，美矣。

金聖歎云：

細密，其中間，有無數脱卸，無數層折，無數渲染，無數照應，節節連絡，處處合沓，真妙文也。

林雲銘云：

東池之勝佳，戴氏之為人又佳，故段段寫得如許出色。然看來寫東池、寫堂、寫戴氏處，總是借此寫弘農公也。開口説弘農公刺潭為池，授戴氏為堂，其意以為若無公即無池，且無堂，併無戴氏矣。中寫戴氏得公之選，先言賢者之舉必以類，則戴氏之賢，正公之賢也。末段出「刺潭得其政」句，因以得勝人為公之德，不可不記，是全本歸到公身上，則記耑為公作，於此可見。其行文周到完密，段落井井，不可多得。

孫琮云：

前幅，一段記池，一段記堂。妙在記池處，寫得山陵林麓、坻島州渚，岸突水縈，宛然是一個天造地設大觀，不是人工穿鑿得就。記堂處，寫得波光上下，水天一望，林木參差，芰荷灼爍，宛然是一個水上亭臺，出沒萬狀。中幅，一段寫戴氏離世，一段寫戴氏樂道。後幅，一段贊美池堂，一段贊美戴氏，與前幅二段相照。一段再嘆戴氏樂道，一段再嘆戴氏離世，與中幅二段相應。末幅，一句結弘農公刺潭，一句結弘農公作池，一句結以池授戴，束盡通篇。

林紓云：

美楊公，兼美戴氏。語易偏重，頗難著筆。導泉而成池者，楊憑也；受池而為堂者，戴簡也。稱戴簡之離世樂道，而語即出諸楊公之口，則楊、戴道合。戴之能離世樂道，獨楊知之，始有此池之賜，則雖盛戴簡，楊公到底終有知人之明，萬萬不至於偏重，此是文之慧黠處。其下稍分「離世樂道」為兩小段，均美戴氏。即提入一筆曰：「賢者之舉也，當弘農公之選，而專茲地之勝，豈易而得哉！」說得楊、戴之合，雖二實一。神注戴簡，却不曾把楊憑拋荒。妙如連環鎖鈕，殊不易得。此下復將「離世樂道」例說，言戴氏行高、文峻、道懋，則離世之志，必將不果。復迴顧到楊公之得人，一處不曾放鬆，殊為記中之極筆。

章行嚴云：

東池之作者戴氏，名簡，號稱譙國戴逵之裔，並非長沙土著；其人不仕而多財，能於一時浮寄之鄉，大興土木，又為連率所賓禮，，輒附庸風雅以弋聲勢；彼何人斯？吾意為以剝削致富之闤闠大蠹無疑。若而人者，嚮為子厚所不取，生平又不可能與此類人為友，今被元侯之命（按子厚為楊氏壻，嚮稱憑為元侯。）以文字藻飾其不義之行，筆端應須如何轉者？篇末云：「於戴氏堂也，見公之德，不可以不記」，行間窘狀畢露，爾時文與之不佳可知。從來評者，於此文軒輊不一，虞伯生、唐應德輩，都有好評，宜興儲氏卻不以為然，彼指作柳記中之下駟，不得謂其言之不允。吾查文中詞句，如「其岸之突而出者，水縈之若玦焉」，夫玦者缺也，凡雜佩中孔圓而不正者皆號缺，鶯鶯貽書指摘張生之無行，卽以玉玦一雙為信物，今子厚行文如此，其中必無所陽秋。至云「就之顛倒萬物，遼廓眇忽」，陽秋之意，尤為軒豁呈露。如其然也，子厚當時猶是揮灑自如，文値彌高，惟後幅數行牽綴之迹仍顯。

今案：此篇先寫東池之景，再寫為堂之意，而以「離世樂道」，為其綱領，下文一段，卽以戴氏之能「離世」「樂道」，而與前文綱領相呼應，行文至此，全在揄揚戴氏矣，而文勢一轉，乃以一「類」字，牽連楊公，方始折入正題，由戴氏之賢，而知楊氏之賢，亦若是也。然後更以「山水得人而益增其勝」，以及「賢人得山水而益增其清」，兩段文字交相摩盪，終則歸結於楊公能得人也，故曰：「於戴氏堂也，見公之德」，從而知此文重點，實在楊公，而以戴氏為陪襯之資也。至於章氏行嚴所論，意主翻案，可供參稽而已，要之，柳氏此文，寫「連艫、縻艦」一段，美景如畫，章氏必謂其中有陽秋之意，無乃太過乎！

邕州馬退山茅亭記①

冬十月，作新亭于馬退山之陽，因高丘之阻以面勢，無欂櫨節梲之華②。不斲椽，不翦茨③，不列牆。以白雲爲藩籬，碧山爲屏風。昭其儉也。

是山崒然起於莽蒼之中，馳奔雲矗，亘數十百里，尾蟠荒陬④，首注大溪，諸山來朝，勢若星拱，蒼翠詭狀，綺綰繡錯，蓋天鍾秀於是，不限於遐裔也。

然以壤接荒服，俗參夷徼⑤，周王之馬跡不至⑥，謝公之屐齒不及⑦，巖徑蕭條，登探者以爲嘆。

歲在辛卯，我仲兄以方牧之命，試於是邦⑧。夫其德及，故信孚，信孚，故人和，人和，故政多暇。由是嘗徘徊北山以寄勝槩。迺塈，迺塗，作我攸宇⑨。於是不崇朝而木工告成。

每風止，雨收，烟霞澄鮮，輒角巾，鹿裘，率昆弟友生冠者五六人，步山極而登焉。於是手揮絲桐⑩，目送還雲，西山爽氣，在我襟袖，以極萬類，攬不盈掌。

夫美不自美，因人而彰，蘭亭也，不遭右軍⑪，則清湍、脩竹，蕪沒於空山矣。是亭也，僻介閩嶺，佳境罕到；不書所作，使盛跡鬱堙，是貽林澗之媿。故志之。

注釋

①邕州，今廣西南寧縣。

②欂櫨，柱上方木也。棁，音拙，樑上短柱也。

③椽，屋上承瓦之材。茨，蓋屋之茅草。

④陬，隅也。荒陬，僻遠之地。

⑤徼，邊塞也。

⑥周穆王駕八駿之乘，西遊崑崙，見西王母。

⑦謝靈運喜登臨，常着木屐上山。

⑧辛卯，元和六年。子厚從兄柳寬字存諒。

⑨塈，仰塗也。

⑩絲桐，琴也。

⑪右軍，官名，此指王羲之。

析評

蔣之翹云：

昔人稱此作為柳記中第一，予大不然之，只此「白雲為藩籬，碧山為屏風」二句，何等穉陋。

茅坤云：

興致摹寫，足稱山水。

邵寶云：

發穠纖于簡古，妙。

劉辰羽云：

全用妝抹，成一篇好文字，到末，更覺神也。

金聖歎云：

奇在起筆。斗地先寫茅亭，以後逐段寫山、寫人、寫作亭、寫作記，皆一定自然之法度也。

何焯云：

「英華」作獨孤常州文者，近之。「歲在辛卯」，辛卯為元和六年，柳子旣振拔當時文體矣，何當是有？前此辛卯是天寶十載，至之有「初晴抱琴登馬退山對酒望遠醉後作」一篇。詩中有「王旅方伐叛，虎臣皆被堅；魯人著儒服，甘就南山田」之語，于時方討南詔，則此文亦出于至之，有可徵也。「于是手揮絲桐」六句，語雜氣輕。

過珙云：

全從茅亭上生情，故寫得純古淡泊，色色都與茅亭相稱。若添一筆豔麗，便失却茅亭本色矣。手揮絲桐，目送還雲，必如此等人方可坐茅亭作茅亭序也。夫茅亭所在多有，孰是與茅亭相稱哉？安得不讓柳州獨步！

姚範云：

案今南寧卽邕州也。其附郭宣化有馬退山，作地志者，多援子厚此記。然王伯厚困學紀聞云：此篇見獨孤及集。予據子厚為其先侍御神道表述其言曰：吾惟一子。及子厚自云，代為冢嗣。則無仲兄矣。古人少以伯仲之稱稱其羣從者。且元和辛卯，子厚方在永州，此記似與游從之列而屬辭者。今注柳集者則云，仲兄蓋其從兄柳寬，字存諒，柳所為故大理評事柳君墓誌並祭文者也。按誌云，寬卒於元和六年八月七日，而此記云冬十月作亭，其非寬矣。且寬與子厚之父鎮，於刺史楷，同為高祖，則寬與子厚為叔父行，非兄弟也。況寬從事幕府，既罷，以游士而死於廣州，安得舉以實之。又按崔祐甫獨孤常州神道碑云，其捐館以大曆十二年，蓋丁巳之歲也。又云，壽五十三，則生於開元十三年乙丑也。又云，天寶末，以洞曉元經對策上第超拜華陰尉，蓋古函谷仙掌二銘。按函谷銘序云：「唐興百三十有八載，余尉於華陰。」則天寶十三載，歲甲午也。及時年三十矣。又碑云：及為殿中侍御史通理之第四子，倘此記屬及，則天寶十載也，未審及兄有試於邕者耶。此記本俗筆，但近閱昌黎集，朱子於後人偽作多取而周内之以屬之於韓，故姑筆於此，以見韓、柳二家之文，為後人汨亂者多矣。

孫琮云：

此篇亦只是記山記亭記遊人，妙在顛倒寫來，便覺奇觀。他記或先寫山，次寫亭，或先寫荒蕪，次寫闢地。此篇獨先寫亭，次寫山；先寫作亭，次寫無亭。只此倒寫補寫，便是奇處。

余誠云：

首段先記茅亭，次記馬退山，次記邕州，再次記作亭之人及作亭原委，再次記亭中遊覽，末以作記之意結。結構渾成，意致高淡，而筆力亦簡古無敵，昔人稱為柳州諸記中第一，良然。

蔡鑄云：

天然形勝，天然句法，可稱兩絕。「每風止雨收」一段，直寫浴沂風雩氣象。至「手揮絲桐，日送還雲」之句，則奇絕矣。

章行嚴云：

從來不以此文為偽，而且視為柳集第一文字者，為唐荊川。荊川評語：「發穠纖於簡約，存至味於平淡」，乃襲取蘇子瞻評柳詩語，可見荊川本身，於柳文並無不同發見，事殊滑稽，可發一笑。

今案：此篇雖不必真為柳州所作，然而寫景絕佳，風格神氣，亦與柳州相近，其「手揮絲桐」以下六句，益為神妙奇特，非親身登臨者，不能抒寫得出也。

永州新堂記

將爲穹谷嵁巖淵池於郊邑之中，則必輦山石①，溝澗壑，凌絕嶮阻，疲極人力，乃可以有爲也。然而求天作地生之狀，咸無得焉，逸其人，因其地，全其天，昔之所難，今於是乎在。

永州實惟九疑之麓②。其始度土者，環山爲城。有石焉，翳於奧草；有泉焉，伏於土塗。蛇虺之所蟠，狸鼠之所游。茂樹，惡木，嘉葩，毒卉，亂雜而爭植，號爲穢墟。韋公之來既逾月③，理甚無事。望其地，且異之。始命芟其蕪，行其塗，積之丘如，蠲之瀏如。既焚既釃④，奇勢迭出。清濁辨質，美惡異位。視其植，則清秀敷舒；視其蓄，則溶漾紆餘。怪石森然，周于四隅；或列或跪，或立或仆。竅穴逶邃，堆阜突怒。乃作棟宇，以爲觀游。凡其物類，無不合形輔勢，效伎於堂廡之下。外之連山、高原，林麓之崖，間厠隱顯。邇延野綠，遠混天碧，咸會於譙門之內⑤。已乃延客入觀，繼以宴娛。

或贊且賀曰：「見公之作，知公之志。公之因土而得勝，豈不欲因俗以成化；公之擇惡而取美，豈不欲除殘而佑仁；公之蠲濁而流清，豈不欲廢貪而立廉；公之居高以望遠，豈不欲家撫而戶曉。」夫然，則是堂也，豈獨草木土石水泉之適歟，山原林麓之觀歟！將使繼公之理者，視其細，知其大也。

宗元請志諸石，措諸屋漏⑥，以爲二千石楷法⑦。

注釋

①窅，深也。嵁，不平貌。輂，車載也。
②九疑，山名，在今湖南寧遠縣南。
③韋公名宙，時為永州刺史。
④芟，音杉，刈草也。蠲，音捲，除也。瀏如，水清也。釃，音史，分水也。
⑤譙門，城樓也。
⑥西北隅謂之屋漏。
⑦刺史稱二千石。楷法，模範也。

析評

蔣之翹云：

雅暢圓徹。

許應元云：

敍荒蕪處，便似個荒蕪境界，敍修潔處，便似個修潔場所，可謂文中有畫。

儲欣云：

前敍述，後議論，開後人多少法門，尤利舉業。

金聖歎云：

逐段寫地、寫人、寫起工、寫畢工，乃至寫筵客起賀，皆一定自然之法度。奇特在起筆，斗地作二反一落，如槎枒怪樹，不是常觀。

過珙云：

疏數偃仰，變態百出，敍荒蕪處便是個荒蕪境界，敍修潔處便似個修潔境界。於堂記而寓箴規，斯文僅焉。

林雲銘云：

此記與諸游記不同。諸游記皆以探奇尋幽得之，而此得之州治之中郊邑之內者也。故先以郊邑之難喚起，次以永州本有而埋沒，韋公除治而出頭。歷敘一番，俱屬正格。但既為永州刺史作此，自不得不以政治點染在內。舊本病其稍落俗調，然細思不如此洗發，直無可住手處。非苦心此道者不知也。

吳楚材吳調侯云：

只要表章韋使君開闢新堂之功，先說一段名勝之難得，又說一段舊址之荒穢，以起韋公於理政之暇新之，所以為有功。末特開一議，見新堂煞甚關係，是記中所不可少。

孫琮云：

一篇主意，只要表章韋公開闢新堂之功。然止就新堂發揮，有何意味。妙在前幅，先說一段名勝之難得，又說一段茲堂舊屬荒穢，得此二段相形于前，愈見得開闢之功，真不可泯。後幅就韋公作堂，發出一段寓意深遠，尤見茲堂之不朽也。

蔡鑄云：

按此記與山水諸記不同。山水記以探奇尋幽得之，而此篇則為州治之地郊邑之內者也。故先以郊邑之難得喚起，次以永州本有而埋沒，韋公除治而出頭，歷敘一番，俱屬正格。其機軸與馬退山茅亭記同而不同也。起處尤為突屹，如天外奇峯，陡然飛下。莊子胠篋篇云：「將為胠篋探囊發匱之盜而為守備，則必攝緘縢，固扃鐍，此世俗之所謂知也。」柳文蓋得之於莊子歟！

沈德潛云：

起手陡然而來，倚天拔地，後段推到政治上，為刺史作記，自應有此一番議論，非諛之，乃規之也，中有用韻語，有雕琢語，獨推作者擅長。

林紓云：

與萬石亭體同。入手言人功不勝天然之物，此亦尋常用意；然堂外山水，特非人力芟行焚釃，奇勝也不能出，此其所以異也。「逸其人，因其地，全其天。」寫得鄭重。似此山此水，有待韋公而闢者。頂筆用「永州實惟九疑之麓」八字，見得奇勝不少。顧「環山為城」所掩，全石皆隱，美惡雜亂，似安排此一段工程，待韋公來治者。其下接入公之芟行焚釃，於是景物突出，又似專待堂成，為之收束。「乃作棟宇，以為觀游」句，清出堂成，於是堂外諸景，皆歸納入此堂之內。「邇延野綠，遠混天碧」的是名句。而斯堂與斯景，竟合併在一處矣。以上均敘斯堂，此下則宜入韋公。顧政績未見，不過治此為游觀，實無頌美之材料。因土得勝，擇惡取美，蠲濁流清，則無中生有，卽以成堂，預卜韋公後來之政績，並欲用示後來，故不能不為之記。枯窘題，能展拓如是，非大家莫能跂也。

章行嚴云：

王益吾作駢文類纂序例，提筆卽曰：「少讀唐柳子厚永州新堂記，至於邇延野綠，遠混天碧，詫曰：此儷語也，而雜厠散文，深疑不類。」篇末又曰：「文章之理，本無殊致，奇偶之生，出於自然」，作者自提問題，自為解答如此。

今案：藉一新構山堂，而欲顯明刺史之治績，其事甚難，況韋公新至永州，政績未彰，亦乏善可陳耶？然而堂為韋公所構，故行文卽以此堂為眼目，前幅述新堂所在之地，地中之景，景之奇特，特無人知之而已，必待韋公之來，方逾月，而異之，則修之治之，其景始顯，其美始見，而新堂成焉，後幅卽因新堂之成，延客入觀，乃又假衆客之賀，以見韋公之志，知其必當成化佑仁，而致佳政者，要之，通篇皆以新構山堂，為其變化轉換之關鍵及樞紐也，藉一新堂，乃能將前後之山水奇石與政理治績，繫而貫之焉。

永州萬石亭記

御史中丞清河男崔公來蒞永州①，閒日，登城北墉，臨於荒野藂翳之隙②，見怪石特出，度其下必有殊勝，步自西門，以求其墟。伐竹披奧，攲仄以入③，綿谷，跨谿，皆大石林立，渙若奔雲，錯若置碁，怒者虎鬬，企者鳥厲。抉其穴，則鼻口相呀④；搜其根，則蹄股交峙。環行卒愕⑤，疑若博噬。於是刳闢朽壤，翦焚榛薉⑥，決澮溝，導伏流，散爲疎林，洄爲清池。寥廓泓渟⑦，若造物者始判清濁，效奇於茲地，非人力也。乃立游亭，以宅厥中。直亭之西，石若掖分⑧，可以眺望。其上，青壁斗絕，沉於淵源，莫究其極。自下而望，則合乎攢巒⑨，與山無窮。

明日，州邑耋老雜然而至⑩，曰：「吾儕生是州，蓺是野，眉尨齒鯢⑫，未嘗知此。豈天墜，地出，設茲神物，以彰我公之德歟！」

既賀而請名。公曰：「是石之數，不可知也。以其多，而命之曰萬石亭。」

耋老又言曰：「懿夫公之名亭也，豈專狀物而已哉！公嘗六爲二千石⑬，既盈其數，然而有道之士，咸恨公之嘉績，未洽于人。敢頌休聲，祝公于明神。漢之三公，秩號萬石；我公之德，宜受茲錫。漢有禮臣，惟萬石君⑭；我公之化，始於閨門。道合於古，祐之自天。野夫獻辭，公壽萬年。」

宗元嘗以牋奏隸尚書，敢專筆削⑮，以附零陵故事。時元和十年正月五日記。

注釋

①崔公，名能，元和九年，為永州刺史。

②墉，垣也。藂，與叢同。

③仄，同側，欹仄，偏邪也。

④呀，張口也。

⑤卒諤，倉卒驚諤貌。

⑥刳，音苦，剖也。薉同穢。榛薉，蕪雜之草。

⑦泓，水清貌。渟，水止也。

⑧掖，肘掖，臂下旁側也。

⑨攢，聚也。巒，山峯之連綿者。
⑩八十曰耋，耋音迭。
⑪蓺，同藝，種植也。
⑫尨，毛多雜也，尨眉，眉花白也。鯢，小也，鯢齒，人年老，大齒落盡，更生細齒也。
⑬刺史稱二千石。
⑭漢景帝時，石奮父子五人皆官至二千石，故號奮為萬石君。
⑮子厚嘗為禮部員外郎，故云。筆削，謂記事之史。

析評

蔣之翹云：
布置景色遠近，全在筆墨濃淡得之，此作畫之法，實可作文。

茅坤云：
崔公既搜奇抉勝，而子厚之文亦如此。

何焯云：

「其上青壁斗絕」六句，寫萬宇有餘韻。「敢頌休聲，祝于明神」，推開，借父老輿頌見之，始不俗。

孫琮云：

前幅記石記亭，寫出石之奇怪，亭之名勝，真是千態萬狀，令人駭目。後幅就命亭之義，生出波瀾，又是無中生有，真是善頌善禱。

林紓云：

亦恃崔公披攘而出，機杼與前篇同。一經求墟伐竹披奧，而萬石之狀皆露。「渙若奔雲」，至「疑若搏噬」止，悉窮石狀。顧有是萬石，不能據要而俯覽，則所謂萬石者，亦不能歷歷皆貢於眉睫之下。此處安頓一亭，大有工夫。觀文中「乃立游亭，以宅厥中。直亭之西，石若掖分」十六字，則據要為亭，一覽而景物頓異矣。又觀「其上青壁斗絕，沉於淵源，莫究其極」，則此亭必當石壁之右，石勢自亭外下趨，及水而止，石根已不可見，此是自亭下矚之石狀，然不能不仰溯而求其峯極，乃峯勢非博，其上小山，必如螺髻，緜亙而作遠勢，故文言「合乎攢巒，與山無窮。」此種山，甚類黃鶴山樵所寫者。文至此，截然而止，蓋亭立，而山之勝狀盡為此亭所有，可以不更敘矣。其下言耋老來賀，取名萬石，為古人適有萬石之名，用以為證。歸入頌禱意，作收束，毫不著力。

章行嚴云：

子厚以善記山水知名，凡山水不經子厚渲染則已，一著筆，無不工。歐陽永叔素不喜柳文，獨至此記，輒美其出語崔嵬，可見天下之公言，卽仇者亦難否定。顧至最近，吳摯父必謂子厚乃模仿退之燕喜亭記而為之，以貶損其價，不解何故？夫山水記，記山水而已，卽聖者亦不能在山水或樹石丘陵之外，別呈技巧。凡號能文，作此等記，其在形勢，大抵同中有異，異中有同，謂之似，每篇都似，謂之不似，每篇都不似天下亦何止韓柳此兩記者，可得相提並論，並約略指點其謀篇造句之有相彷彿者哉？

今案：此篇寫衆石之狀，萬般奇特，皆若親目能睹，而石之能睹，以其有游亭在焉，故游亭之立，誠屬此篇之眼目，以亭之故，能睹衆石，以亭之名，引出萬石之義，古今一揆，藉以頌禱，其間轉移，亦極自然，而無斧琢之痕跡焉。

零陵郡復乳穴記①

石鍾乳，餌之最良者也②。楚、越之山多產焉，於連於韶者，獨名於世③。連之人告盡焉者五載矣，以貢，則買諸他部。

今刺史崔公至④，逾月，穴人來以乳復告。邦人悅是祥也，雜然謠曰：「甿之熙熙，崔公之來。公化所徹，土石蒙烈⑤。以爲不信，起視乳穴。」

穴人笑之曰：「是惡知所謂祥耶？嚮吾以刺史之貪戾嗜利，徒吾役而不吾貨也⑥，吾是以病而紿焉。今吾刺史令明而志潔，先賴而後力，欺誣屏息，信朋休洽，吾以是誠告焉。且夫乳穴必在深山窮林，冰雪之所儲，豺虎之所廬，由而入者，觸昏霧，扞龍蛇，束火以知其物，縻繩以志其返，其勤若是，出，又不得吾直⑦，吾用是安得不以盡告。今而乃誠，吾告故也。何祥之爲！」

士聞之曰：「謠者之祥也，乃其所謂怪者也。笑者之非祥也，乃其所謂眞祥者也。君子之祥也，以政不以怪，誠乎物而信乎道，人樂用命，熙熙然以效其有，斯其爲政也，而獨非祥也歟！」

注釋

①零陵，今湖南零陵縣，唐屬永州。
②石鍾乳，泉水含石灰質，由巖隙下滴，日久凝成。
③連州，今廣東連縣。韶州，今廣西曲江縣。
④崔能，時為永州刺史。
⑤烈，功業也。
⑥貨，謂貨幣。
⑦直，同值。

析評

蔣之翹云：

妙在雜然而謠一段，都是將無作有，然語言皆有斟酌，出入類此。

唐順之云：

敍事奇而束處更奇。

儲欣云：

三層立論，祥不祥，飛動有譎趣。

沈德潛云：

以政不以怪一語，可以塞千古之言祥瑞者之口，知合浦珠還，亦此意也，行文譎矣，而一歸於正。

浦二田云：

述事三折取致，入後如禪家拈取公案，連下轉語，圓如旋床，可謂善頌善禱。

何孟春云：

石鍾乳，連之人告盡者五載矣。以貢，則買諸他郡。刺史崔公至，逾月，穴人來，以乳復告。邦人悅是祥而謠之。穴人笑曰，嚮吾以刺史之貪戾嗜利，徒吾役而不吾貨，吾以是病而紿焉。今刺史令明志潔，吾以是誠告焉，何祥之為。噫！是可以觀吏道矣。貪則無知之物能辟其境，義則有生之類願効其命，而況人焉有不誠於明潔，而紿於貪戾者乎？

姚範云：

柳州石鍾乳記，從李斯逐客書來，前後氣韻短促，渾雄高厚，去之甚遠，卽如中段設采奇麗處，李則隨意揮斥，不露圭角，而葩豔陸離；柳則似有意搜用怪奇，費氣力摸擬而筋骨呈露。

孫琮云：

此篇直作兩半幅文字看：一幅是邦人悅其祥而作謠，是客意；一幅是穴人笑其非祥而作辨，是主意。末後結出謠者非祥而笑者真祥，為一篇之歸宿。尤妙在穴人笑之一段內分四小段，凡兩寫告竭之故，兩寫告復之故，真是如嘲似笑，當與石壕吏一篇同讀。

林紓云：

中有「連之人告盡者五載」，則乳穴當在連山郡，不在零陵。乳本未盡，以縣官之苛求，而始告盡。題之枯窘，本無可著筆。邦人之謠，決無此古雅，必為公潤色；不惟潤色，實製自公手。文無他長，專在用字造句，「徒吾役而不吾貨也」，貨字是代酬字；「是以病而詒焉」，病字是代苦字；「先賴而後力」，賴字是代利字；「冰雪之所儲」，儲字是代積字；「豺虎之所廬」，廬字是代窟字。以上純用換字法。收處承上「祥」字，作翻騰，音節既古，筆尤狡譎。

章行嚴云：

題有誤，當先改正，蓋零陵屬永州，永州並不出鍾乳，出鍾乳者，乃連州之連山郡也，題将零陵郡改作連山郡，方合。（大姚云：零陵郡當作連山郡，文安禮嘗論及之。）……本文「君子之祥也，以政不以怪」，與貞符「休符不於祥，於其仁」，為子厚一旦當政，輔民及物之兩大號召，響澈中唐，永為政型。

今案：本篇假穴人之口，以正反主客，交互變化，相對寫出，文字總不離祥與不祥之間，而「君子之祥也，以政不以怪」一句，自為全篇結穴重心，亦子厚善勉崔公之處、善頌崔公之處，此當與送薛存義序合而觀之，以見柳公之政治思想也。

永州龍興寺東丘記

游之適，大率有二：曠如也，奧如也①，如斯而已。其地之凌阻峭，出幽鬱，寥廓悠長，則於曠宜。抵丘垤，伏灌莽，迫遽迴合，則於奧宜。因其曠，雖增以崇臺延閣，迴環日星，臨瞰風雨，不可病其敞也。因其奧，雖增以茂樹、藂石，穹若洞谷，蓊若林麓②，不可病其邃也。

今所謂東丘者，奧之宜者也。其始，龕之外棄地，余得而合焉，以屬於堂之北垂，凡坳窪坻岸之狀③，無廢其故。屏以密竹，聯以曲梁，桂檜松杉楩柟之植，幾三百本，嘉卉美石，又經緯之。俛入綠縟，幽蔭薈蔚④。步武錯迕，不知所出。溫風不爍⑤，清氣自至。小亭陿室，曲有奧趣。然而至焉者，往往以邃爲病。

噫！龍興，永之佳寺也。登高殿可以望南極⑥，闢大門可以瞰湘流，若是其曠也。而於是小丘，又將披而攘之。則吾所謂游有二者，無乃闕焉，而喪其地之宜乎！

丘之幽幽，可以處休；丘之窅窅⑦，可以觀妙。溽暑遁去，兹丘之下；大和不遷⑧，兹丘之巔。奧乎茲丘，孰從我游。余無召公之德，懼翦伐之及也，故書以祈後君子。

注釋

①曠如，遠大之貌。奧如，深邃之貌。

②藂，與叢同。蓊，蔭蔽貌。

③垂，與陲同。坳窪，低下之地。坻，音池，水中高地。

④縟，繁飾也。薈蔚，草本茂密貌。

⑤爍，音鑠，熱也。

⑥南極，星名。

⑦窅，音夭，窅窅，深遠貌。

⑧溽，濕也。大，同太，太和，天地冲和之氣。

析評

蔣之翹云：

茅坤云：
豪逸有氣，能自結撰，故佳。

王世貞云：
曠奧二字，為案亦奇。

唐順之云：
其敞其邃，未妥，不識更有佳字可易否。

儲欣云：
臨了更健舉。

孫琮云：
曠如奧如，至今猶奉為員題名勝之祖。

通篇只以「曠」「奧」二字前後結撰。妙在讀其前幅，令人思遊其曠處，復思遊其奧處。讀至中幅東丘一段，已是得遊其奧處，令人益思其曠處。讀至遊者「以邃為病」一句，既不見曠處，令人惟恐併失其奧處。讀至龍興一段，令人既游其奧處，復得其曠處。真是作者通身快樂，讀者亦滿心歡喜。

林紓云：

奧曠並重，然自「屏以密林，聯以曲梁」以下，專為寫「奧字」，於「曠」字意特略。然而「奧」者可使之「曠」，「曠」者不能使「奧」。因緣縟幽陰而成奧，則芟除又立見其曠。今防遊者以邃為病，而後來之奧，萬不足恃，故記之，用戒後之披攘者。又慼狀「奧」字之美，似歌非歌，為有韻之文，意在留「奧」，正以配「曠」，慎勿披勿攘，行文雅有殊致。

章行嚴云：

永州司馬，原無固定廨宇，子厚初至，即以龍興寺為經始之地，公私合沓，了無秩序，書史米鹽，于馬雜陳，藏馬脩馬，息馬遊馬，皆不得越此雷池一步，如鳥營巢，銖積寸累，東丘其轂音也，子厚厝意，種種區劃，應是蒞臨初計，決非晚期。

今案：此篇乾就「曠」「奧」二字，加以推衍，所述景觀，則以東丘為主，詳寫其奧邃之美，幽深之趣，而祈人之勿加翦伐也，然東丘，即在龍興寺之左近，為龕外之棄地，是「奧」字之外，又兼具「曠」字之佳之勝焉，唯「曠」「奧」二境，在茲篇中，各有主客輕重之勢而已。

永州法華寺新作西亭記

法華寺居永州，地最高①。有僧曰覺照，照居寺西廡下，廡之外，有大竹數萬；又其外，山形下絕。然而薪蒸篠簜②，蒙雜擁蔽。吾意伐而除之，必將有見焉。照謂余曰：「是其下有陂池芙蕖，中以湘水之流，衆山之會，果去是，其見遠矣。」遂命僕人持刀斧，羣而翦焉。叢莽下頹，萬類皆出。曠焉，茫焉，天爲之益高，地爲之加闢，丘陵山谷之峻，江湖池澤之大，咸若有增廣之者。夫其地之奇，必以遺乎後，不可曠也。

余時謫爲州司馬，官外常員而心得無事，乃取官之祿秩以爲其亭。其高且廣，蓋方丈者二焉。或異照之居於斯，而不蚤爲是也。

余謂：昔之上人者，不起宴坐，足以觀於空色之實，而游乎物之終始，其照也逾寂，其覺也逾有。然則嚮之礙之者，爲果礙耶；今之闢之者，爲果闢耶！彼所謂覺而照者，吾詎知其不由是道也。豈若吾族之挈挈於通塞有無之方以自狹耶③。

注釋

①法華寺在零陵縣東。

②篠，音小，小竹也。簜，大竹也。粗木曰薪，細木曰蒸。

③挈挈，固執之也。

析評

蔣之翹云：

此老胸中，玲瓏解脫，略無沾惹，如末後翻出覺照數語，是何等意想。

浦二田云：

境則新闢，僧名覺照，交會觸發，以得此解，亦謫居鬱塞之通旨也。

何焯云：

「其照也逾寂」二句，從覺照起論，却似收不轉。

孫琮云：

一篇妙處，全在前後二段寫得出色。前幅欲記闢地，先虛寫一段自己與覺照商于闢地，作一影照。後幅只就覺照，生出一番曠達議論，說得空空洞洞，不着一毫色相。於是讀其前幅，真如風雨欲來，陵谷變色；讀其後幅，又如天空雲洗，萬里澄清。

章行嚴云：

子厚嘗為始得西山宴遊記，記得西山之所由來，乃因偶坐法華寺西亭，望西山而指異之，時元和四年九月二十八日也。然則西亭之作，先於元和四年，殆無疑問。

子厚永州山水之遊，應分作兩箇階段，而以西山之得為樞紐。前乎此者，亦嘗遊矣，而細核之，如未始遊然，所謂始遊，則發軔於西山之怪特，忽爾發見，又兆端於法華寺西亭之宴坐，然則此一記也，實為管領子厚一生遊運之神經中樞。因而假借住持僧之法號，於何者為覺，何者為照處，盡量抒寫，以圖改造向來孶孶於通塞有無之方之狹義人生觀。此記所貢獻於子厚思想轉變之重要性，有如此者。

今案：空色照寂覺有，皆佛書中詞語，柳州卽假借此等名言，再應合僧人法號，以申論佛家意思，以拓展其胸襟懷抱，而前半描繪景物山川，固亦歷歷如畫焉。

永州龍興寺西軒記

永貞年，余名在黨人，不容於尚書省，出爲邵州，道貶永州司馬，至，則無以爲居，居龍興寺西序之下①。

余知釋氏之道且久，固所願也。然余所庇之屋甚隱蔽，其戶北向，居昧昧也。寺之居，於是州爲高。西序之西，屬當大江之流。江之外，山谷林麓甚衆。於是鑿西墉以爲戶，戶之外爲軒，以臨羣木之杪，無所不矚焉。不徙席，不運几，而得大觀。

夫室，嚮者之室也；席與几，嚮者之處也。嚮也昧，而今也顯，豈異物耶！因悟夫佛之道：可以轉惑見爲眞智，卽羣迷爲正覺，捨大闇爲光明。夫性豈異物耶！孰能爲余鑿大昏之墉，闢靈照之戶，廣應物之軒者，吾將與爲徒。

遂書爲二：其一志諸戶外，其一以貽巽上人焉②。

注　釋

①序，堂側之廂也。

②巽上人，重巽也。

析評

蔣之翹云：

出佛道處，甚滯泥，可憎。

林紓云：

永州龍興寺西軒記，則又主「曠」而不主「奧」。其曰「戶之外為軒，臨群木之杪，無所不矚焉」三語，氣象包羅，其下可以不贅餘語矣。收筆用佛氏之言，「可以轉惑見為真智，卽羣迷為正覺，捨大闇為光明」，尤稱開軒之意。

章行嚴云：

此記應與法華寺西亭記，等量齊觀。吾曩作西亭記解釋，謂子厚假借覺照法號，以圖改造己身嚮來之狹義人生觀，此里程碑也，而目的地卽為：「轉惑見為真智，卽群迷為正覺，捨大闇為光明。」圖經宛在，發足卽至，故吾謂二記如連雞之棲，不可脇一。

巽上人者，重巽也，此僧與子厚交往極密。子厚曾為巽公院五詠，今曰其一以貽巽上人者，乃手指禪室，而儆告其中之忘機客，期於實踐曩記「夫其地之奇，必以遺乎後，不可曠也」之諾言。（語見法華寺新作西亭記。）然後所為「鑿大昏之墉，闢靈照之戶，廣應物之軒」者，可得攜手並進，而不必沾滯於誰為誰之徒？本篇以「永貞年」開始，夫永貞者何？卽順宗踐祚之新年號也，此一短短年號內，凡子厚由勤政而遠貶，具於篇中和盤託出，可算全集獨一無二時代性文字！

今案：此篇前半寫景，後半寫意，而以意為主以景為輔，凡寫景者，由昧昧之幽，以迄無所不矚之大觀，皆與後段之「墉」「戶」「軒」相應，亦尤與寫意之主旨，由惑至智，由迷至覺，由闇至明，相應合也。

永州鐵爐步志

江之滸①，凡舟可縻而上下者曰步②。永州北郭有步，曰鐵鑪步。余乘舟來，居九年，往來求其所以爲鐵鑪者無有。問之人，曰：「蓋嘗有鍛者居③，其人去而爐毀者不知年矣，獨有其號冒而存。」

余曰：「嘻！世固有事去名存而冒焉若是耶？」

步之人曰：「子何獨怪是？今世有負其姓而立於天下者，曰：『吾門大，他不我敵也。』問其位與德，曰：『久矣其先也。』然而彼猶曰『我大』，世亦曰『某氏大』。其冒於號有以異於茲步者乎？向使有聞茲步之號，而不足釜錡、錢鎛、刀鈇者④，懷價而來，能有得其欲乎？則求位與德於彼，其不可得亦猶是也。位存焉而德無有，猶不足大其門，然世且樂爲之下。子胡不怪彼而獨怪於是？大者桀冒禹，紂冒湯，幽、厲冒文、武，以傲天下。由不知推其本而姑大其故號，以至於敗，爲世笑僇⑤，斯可以甚懼。若求茲步之實，而不得釜錡、錢鎛、刀鈇者，則去而之他，又何害乎？子之驚於是，末矣。」

余以爲古有太史，觀民風，采民言。若是者，則有得矣。嘉其言可采，書以爲志。

注釋

①滸，江濱也。
②吳人呼水際曰步，韓愈柳州羅池廟碑：「步有新船。」
③鍛，治也。
④有足曰錡，無足曰釜，錡釜皆食器。錢鎛，田器，刀鈇，兵器。
⑤僇，與戮同，辱也。

析評

黃唐云：

古者姓氏，特以別生分類，賢否之涇渭，初不由此。尊尚姓氏，始於魏之太和。齊據河北，推重崔盧，梁陳在江南，首先王謝，江東人士，爭尚閥閱，責婚求財，汩喪廉恥。唐家一統，當一洗而新之，奈何文皇帝以隴西舊族，矜誇其臣，以房魏之賢，英公之功，且區區結婚於山東之世家。貞觀之世，冠冕高下，雖稍序定，然許敬宗以不敍武后事，李義府恥其家無名，復從而紊亂。黜陟廢置，皆不由於賢否，但以姓氏升降去留，定為榮辱。衰宗落譜，昭穆所不齒者，皆稱禁婚，民俗安知禮義忠信為何物耶？子厚憫時俗之未革，故以子孫冒昧者，取況於鐵爐步之失實，誠有功於名教歟！

蔣之翹云：

風刺華冑，亦趣亦毒。

儲欣云：

其有所諷乎？

區大典云：

此篇蓋公平昔所憤慍于內者，一值鐵爐步而發之，因託言於步之人，末據太史觀民風采民言而斷之，是撰文之旨。

何焯云：

「則求位與德于彼」數語，筆亦膠繞不圓快。「大者桀冒禹」云云，此文直斥在上者徒建空名，旨趣既已偏宕，求其警策，則又無有，何以存諸集中？按此文似為以門第論相而發。

孫琮云：

就爐步上發出一段諷世議論，彼世祿子弟，服奇食美，冒先世之號以自大於世者，讀之能無汗下！

林景亮云：

志一步耳，卻從冒字發出無數議論，令人眼界一寬，是為即小見大法。

章行嚴云：

子厚此作，明有所諷，蓋唐世重門第，好誇張，子孫冒祖父之名與位，以震駭流俗，所在多有，子厚或親遇其事而惡之，故借鐵爐而揭其事於此。唐人有詩云：「自從元老登庸後，天下諸胡悉帶令」，子姓並非同族，尚不恤謂他人父以張其勢，讀義山句：「郎君官貴施行馬，東閣無由得再窺」，詩人為子以父貴寫照其事，更不足責矣。

今案：此篇分為三段，首段釋「步」字之義，末段明作「志」之旨，中間一段，實為重心，要在借閥閱之事，寄寓感慨，從「事去名存」，發為議論，以之相喻，而以古今大小，作為線索，貫串其間，故能歷歷寫來，若網在綱，有條而不紊，至於通篇文辭，波瀾壯闊，亦有超群絕倫之姿存焉。

遊黃溪記

北之晉，西適豳，東極吳，南至楚、越之交①，其閒名山水而州者以百數，永最善。環永之治百里，北至于浯溪，西至于湘之源，南至于瀧泉，東至于黃溪東屯，其閒名山水而村者以百數，黃溪最善。

黃溪拒州治七十里。由東屯南行六百步，至黃神祠。祠之上，兩山牆立，丹碧之華葉駢植，與山升降。其缺者爲崖峭巖窟。水之中，皆小石平布。黃神之上，揭水八十步②，至初潭，最奇麗，殆不可狀。其略若剖大甕，側立千尺，溪水積焉。黛蓄，膏渟③，來若白虹，沉沉無聲。有魚數百尾，方來會石下。南去，又行百步，至第二潭。石皆巍然，臨峻流，若頦頷齗齶④。其上大石雜列，可坐飲食。有鳥，赤首，烏翼，大如鵠，方東嚮立。

自是又南數里，地皆一狀。樹益壯，石益瘦，水鳴皆鏘然。

又南一里，至大冥之川，山舒，水緩，有土田。始，黃神爲人時，居其地。傳者曰：「

黃神，王姓，莽之世也。莽既死，神更號黃氏，逃來，擇其深峭者潛焉。」始莽嘗曰：「余黃虞之後也。」故號其女曰黃皇室主⑤。「黃」與「王」聲相邇而又有本，其所以傳言者益驗。神既居是，民咸安焉，以爲有道，死，乃俎豆之，爲立祠。後稍徙近乎民。今祠在山陰溪水上。

元和八年五月十六日，既歸爲記，以啟後之好游者。

注　釋

①晉謂山西，豳謂陝西，吳謂江蘇，楚謂兩湖，越謂兩廣。

②揭，音棄，攝衣涉水也。

③黛，青黑色。膏，脂之澤也。渟，水止也。

④頦音亥，頤下也。齗音銀，齒根也。齶音諤，齒根之肉也。

⑤王莽自稱為虞帝之後。莽女嫁為平帝后，平帝崩，劉氏廢，莽乃更號其女曰黃皇室主，欲嫁之，以絕於漢。

析評

韓醇云：自游黃溪至小石城山，為記凡九，皆記永州山水之勝，年月或記或不記，皆次第而作耳。

蔣之翹云：其言扶踈，其字錯落，綴景處自有雅人深致。

孫鑛云：柳之胸中，富於丘壑，故其記亭池山水，更奇。

邵博云：柳子厚云：「北之晉，西適豳，東極吳，南至楚越之交，其間名山水而州者以百數，永最善。」以妙語起其可遊者，讀之令人翛然有出世外之意。然子厚別云：「永州於楚為最南，狀與越相類。僕悶卽出游，游復多恐。涉野則有蝮虺大蜂，仰空視地，寸步勞倦。近水卽畏射工沙虱，含怒竊發，中人形影，動成瘡痏。」子厚前所記黃溪、西山、鈷鉧潭、袁家渴，果可樂乎？何言之不同也。

吳子良云：

子厚游黃溪記云：「北之晉，西適豳，東極吳，南至楚、越之交，其間名山水而州者以百數，永最善。環永之治百里，北至於浯溪，西至於湘之源，南至於瀧泉，東至於黃溪東屯，其間名山水而村者以百數，黃溪最善。」句法亦祖史記西南夷傳：「西南夷君長以什數，夜郎最大。自滇以北君長以什數，邛都最大。」

茅坤云：

按子厚所謫永州、柳州，大較五嶺以南，多名山峭壁，及清泉怪石，而子厚適以文章之雋傑，客茲土者久之。愚竊謂公與山川兩相遭：非子厚之困且久，不能以搜巖穴之奇；非巖穴之怪且幽，亦無以發子厚之文。予間過粵中，恣情山水間，始信子厚非予欺。而且恨永州之外，其他勝概猶多，與永、柳相頡頏，且有過之者，而卒無傳焉。抑可見天地內，不特遺才而不得試，當倂有名山絕壑而不得自炫其奇于騷人墨客之文者，可勝道哉！

方苞云：

子厚諸記，以身閒境寂，又得山水以盪其精神，故言皆稱心，探幽發奇而出之，若不經意。

李剛己云：

子厚山水諸作，其寄興之曠遠，狀物之工妙，直合陶謝之詩，楊馬之賦，鎔為一鑪，洵屬文家絕境。

儲欣云：

所志不過數里，幽麗奇絕，政如萬壑千巖，應接不暇。

何焯云：

發端旣涉模擬，又未必果然也。刪此，而直以「黃溪距永州治七十里」起何如？

孫琮云：

一起先從幽晉吳楚，四面寫來，抬出永州。次從永州名勝，四面寫來，抬出黃溪，便見得黃溪不獨甲出一個永州，早已甲出於天下，地位最佔得高。下寫黃神祠，兩山壁立，狀如丹霞，境界何等奇絕。次寫初潭二潭，凡寫石、寫泉、寫樹，處處換筆，便處處另換一個洞天福地。坐臥其間，此身恍在黃溪深處，真是僊事。一路逐段記步記里，自成章法。

陳行云：

「黛蓄」十二字，出於研鍊，為詞賦語，皆山水並寫。至後「樹益壯」數句，乃由遠寫至近，此章法也。凡奇麗山水，至將盡處，多筋脈舒緩。「黛蓄」四字，從「金膏水碧」來。……柳子厚游黃溪記有云：「南去又行百步，至第二潭，石皆巍然，臨峻流，若頦頷齗齶。其下大石雜列，可坐飲食。有鳥赤首烏翼，大如鵠，方東嚮立。」姚鼐氏云：「朱子謂山海經所記異物，有云東西嚮者，蓋以有圖畫在前故也。此言最當。子厚不悟，作山水記效之，蓋無謂也。後人又以此等為工而效法者，益失之矣。」噫！此正姚氏之不悟也。姚氏據朱子說而未細心讀此記上下文，致不知子厚之故作狡獪愚弄後人也。案山海經言某嚮立者亦只一處，海內西經云：「昆侖南淵深三百仞，開明獸身大類虎而九首皆人面，東鄉立昆侖。開明西有鳳皇鸞鳥，皆戴蛇踐蛇，膺有赤蛇。開明北有視肉，珠樹文玉樹。」此自指圖象言，朱子之言不誤也。子厚所記「有鳥赤首烏翼，大如鵠，方東嚮立」，固特仿山海經，然山海經係載此處行產之物，柳文乃記此時此處所見之物，故於「東嚮立」上加一「方」字，移步換形矣。且上文有例在也。上文言「

有魚數百尾，方來會石下」，亦加一「方」字。可見皆就當日所目擊者記之，非呆仿山海經，致成笑柄也。試問古樂府之孔雀東南飛，亦必指圖象乎？姚氏粗心，將兩「方」字忽略讀過，致有此失言。姚氏譏子厚無謂，子厚有知，能不齒冷！桐城自望溪方氏，好駁柳文，姚氏亦吹毛求疵矣。

吳汝綸云：

東嚮立云者，與上文方來會石下，皆當時所見，卽景為文，不必效山海經也，不為病。

林紓云：

遊黃溪記為柳州集中第一得意之筆。雖合荊關董巨四大家，不能描而肖也。入手摹漢書西南夷傳，「永最善」，「黃溪最善」，簡括入古。其下寫石狀矣，其最奇麗動目者，則「略若剖大甕，側立千尺，溪水積焉」，則此石必高立，虛其腹若半瓴。所云溪水積者，石之下半，仰出溪底，溪水既平，遂漫此剖甕之下方。其云「黛蓄膏渟」者，水抵石而止，石上蒼綠之色，下映水中，故云「黛蓄」。所云「來若白虹」者，溪受天光而白，垂至石下。石之上半傴凹，故云「剖甕」。水勢雖來若白虹，抵石無去路，故云「沉沉無聲」。魚之來會石下，非會也，乘漲而入破甕之內，不能更出耳。如此奇石，有其大者，則必有其小者，有其高方者，則必有其巉峭者，其下云：「石皆巍然，臨峻流，若頦頷齗齶」者是也。其下考據「黃神」，清出溪之所以名「黃」者，是文中應有之意。

徐善同云：

黃溪記「最善」云者，果何謂乎？寧非以其有大冥之川，為黃氏之所潛歟？「神既居是，民咸安焉！以為有道。死，乃俎豆之，為立祠。後稍徙，近乎民。」記黃神，實自志其所志與所期者歟？並柳州之政，與夫羅池之廟以觀，雖謂之為自志其所志與所期者，可也！則黃溪之記，豈在其山水之美哉！

章行嚴云：

記云：「有魚數百尾，方來會石下，……有鳥赤首烏翼，如大鵠，方東嚮立」，此一絲不溢之寫實文字也，曰數百尾，當時所見之魚群如是，曰東嚮立，當時目中之方向如是，倘於此而異議焉，惟作記有寫實之例禁則可。

今案：此篇抒寫山水，而必以黃神為結尾者，蓋黃神生莽之世，逃來是溪，擇其深峭者潛焉，實憂讒畏譏之類也，及黃神既居是地，民咸安焉，以為有道，死乃俎豆之，復為立祠，則黃神之事，與柳公貶在永州相似，黃神之有加於民者，或柳公之深自期許者也，是以即景為文之際，柳公亦不禁以黃神自喻矣，此則藉文生情，有言外之意存焉，然而遂謂柳公此文之主旨，不在山川，全在寓意，則不可也。

始得西山宴遊記

自余爲僇人①，居是州，恒惴慄。其隟也②，則施施而行，漫漫而遊，日與其徒上高山，入深林，窮廻溪，幽泉怪石，無遠不到。到則披草而坐，傾壺而醉；醉則更相枕以臥。意有所極，夢亦同趣。覺而起，起而歸。以爲凡是州之山水有異態者，皆我有也，而未始知西山之怪特。

今年九月二十八日，因坐法華西亭，望西山，始指異之。遂命僕過湘江，緣染溪，斫榛莽，焚茅茷③，窮山之高而止。

攀援而登，箕踞而遨。則凡數州之土壤，皆在衽席之下。其高下之勢，岈然，窪然，若垤，若穴④。尺寸千里，攢蹙累積，莫得遯隱。縈青，繚白，外與天際⑤，四望如一。然後知是山之特出，不與培塿爲類⑥。悠悠乎與灝氣俱，而莫得其涯；洋洋乎與造物者游，而不知其所窮。引觴滿酌，頹然就醉，不知日之入。蒼然暮色，自遠而至。至無所見，而猶不欲歸。心凝，形釋，與萬化冥合。然後知吾嚮之未始游，游於是乎始。

故爲之文以志。是歲元和四年也。

注釋

①僇，辱也，僇人，猶言罪人。

②隟，與隙同。

③叢木曰榛，叢草曰莽，茷，音吠，草葉盛也。

④岈，山之深也。窪，地之低也。垤音迭，土阜也。

⑤攢蹙，積聚貌。繚，繞也。際，接也。

⑥培塿，小山也。

析評

蔣之翹云：

起得浩蕩感激言外不可知，真不得不遷之山水者，轉入妙境，令人起舞。

唐順之云：

神色酣暢。

王世貞云：

語如綴珠，總以挑剔始得二字，與末二句相應。

汪武曹云：

極力寫前此之游，以托起篇末，然後知吾嚮之未嘗游句。

李剛己云：

此與鈷鉧潭記以下七篇文字，首尾呼應，脈絡貫輸，合之可為一文，此段語意，確是第一首發端，移置他篇不得。

沈德潛云：

從始得着意，人皆知之，蒼勁秀削，一歸元化，人巧既盡，渾然天工矣。此篇領起後諸小記。

林雲銘云：

全在「始得」二字著筆，語語指畫如畫。千載而下，讀之如置身於其際。非得游中三昧，不能道隻字。

何焯云：

中多寓言，不惟寫物之工。「傾壺而醉」，帶出宴字。「而未始知西山之怪特」，反呼「始」字。「始指異之」，虛領「始」字。「蒼然暮色」三句「始」字神理。「心凝神釋」，破惴慄。「然後知向之未始遊」二句，上句帶前一段，下句正收「始」字。李云：「羈憂中一得曠豁，寫得情景俱真。」

馬位云：

子厚始得西山宴遊記，前段有「上高山，入深林，窮迴溪」等語，寫景頗極古峭歷落，後又有「過湘江，緣染溪」一段，與前略複，便不聳目。

汪基云：

生意始得，頓覺耳目一新，摹寫情景入化，畫家所不到。

孫琮云：

篇中欲寫今日始見西山，先寫昔日未見西山；欲寫昔日未見西山，先寫昔日得見諸山。蓋昔日未見西山，而今日始見，則固大快也；昔日見盡諸山，獨不見西山，則今日得見，更為大快也。中寫西山之高，已是置身霄漢；後寫得遊之樂，又是極意賞心。

儲欣云：

前後將「始得」二字，極力翻剔。蓋不爾，則為西山宴遊五字題也。可見作文，凡題中虛處，必不可輕易放過。其筆力矯拔，故是河東本來能事。

陳衍云：

此篇氣格不高，以必切「始字」字，發揮太著迹也。又如，「無遠不到，到則披草而坐，傾壺而醉；醉則更相枕以臥。」「覺而起，起而歸。」「自遠而至，至無所見。」兩「到」字「醉」字「起」字「至」字，却不算著迹。中「縈青繚白」等，自是警句。

徐善同云：

始得西山宴遊記，寫意之文也。其意境，昔未嘗有，今始得之。始得此意境，由於始得西山之游，故以始得西山為題。寫始得意境之文，而復以「始得」之意，貫穿於其間，為此文脈絡；亦所以顯其得之也，誠有不比於尋常者矣！「縈青」三句，美景也。而神馳於其間矣！「悠悠」三句，我與灝氣俱矣！「洋洋」三句，我與造物者游矣！「心凝」二句，我與萬化冥合矣！「始得」云者，謂始得此境界也。……西山一記，抒寫胸襟之文也。「凡數州之土壤，皆在衽席之下。」猶黃溪記「最善」之意。黃溪記，冀「近乎民」，而「民咸安」。此則：「縈青繚白，外與天際，四望如一！」「悠悠乎，與灝氣俱，而莫得其涯！洋洋乎，與造物者游，而不知其所窮！」於是：「心凝形釋，與萬化冥合」，消遙而齊物矣！史傳謂：「衆畏其才高，懲刈復進！」我讀斯文而益信之。

吳闓生云：

自「則凡數州之土壤」句以下，形容西山之高峻，純從對面著筆，構意絶妙，撰語絶工，而「縈青繚白」三句，氣象尤為雄偉，雖長卿子雲為之，無以復加也。

章行嚴云：

永州八記，世人大抵數從「始得西山宴遊記」起，至「石澗記」止，共八篇，而游黃溪記不在內，猶之八司馬，指柳劉兩韓（泰、曄）李（景儉）凌（準）陳（諫）程（异）共八人，而韋執誼不在內。凡此皆千年來文壇之順口溜，而印合爾巧莫知其所由然而然。

閱近人筆記，有涉柳子山水記者數語：「柳子厚山水記，似有得於陶淵明沖淡之趣，文境最高，不易及。古人文章，有雲屬波委、官止神行之象，實從熟處生出，所謂文入妙來無過熟也。」寥寥數十字，非讀書得間、且於文境有體會者不能道，「從熟處生出」一語，尤探驪得珠，宋劉辰翁讀柳文，每言子厚行文最澀，與黃魯直相似，此真疑須溪別有肺腸。

今案：此文全篇皆從「始得」二字着眼，而意境幽遠，文筆清逸，前幅以「未始知西山之怪特」，為文中脈絡，括通上下，而兩「到」字，「醉」字、「起」字頂真啣接，緊密相承，則用字之妙也。中幅寫西山之景，由登臨始，層次井然，絲絲入扣。後幅轉入人與造物者遊，與萬化冥合，而終結復歸於「始」字，以與題意相應也。

鈷鉧潭記

鈷鉧潭在西山西①，其始蓋冉水自南奔注，抵山石，屈折東流，其顛委勢峻盪擊，益暴齧其涯②，故旁廣而中深，畢至石乃止。流沫成輪，然後徐行。其清而平者，且十畝。有樹環焉，有泉懸焉。

其上有居者，以予之亟游也，一旦款門來告曰：「不勝官租私劵之委積，既芟山而更居③，願以潭上田，貿財以緩禍。」

予樂而如其言。則崇其臺，延其檻，行其泉，於高者墜之潭，有聲潀然④。尤與中秋觀月爲宜。於以見天之高，氣之迴⑤。孰使予樂居夷而忘故土者，非茲潭也歟！

注　釋

①鈷鉧，音古母，熨斗也，潭形似鈷鉧，故名。

②齧，侵蝕也。

③芟，除草也。

④潨，音終，水聲也。

⑤迥，遠貌。

析評

蔣之翹云：

小景清麗如盤石，疎林清溪短棹。

鍾惺云：

點綴小景，遂成大觀。

盧元昌云：

潭字起，潭字住，瀟然洒然。

常安云：

最善刻畫，西山八記，脈絡相通，若斷若續，合讀之，更見其妙。

劉大槐云：

結處極幽冷之趣，而情甚悽楚。

徐幼錚云：

結語哀怨之音，反用一樂字托出，在諸記中，尤令人淚隨聲下。

何焯云：

「盪擊益暴」四句，寫出鈷鉧形貌。李云：記文只是情景字句均適，最忌餘剩。

孫琮云：

此篇第一段敘潭中形勢，第二段敘土人鬻潭，第三段敘己增置。妙在第一段中，寫「清而平者且十畝」一句，便是描畫盡此潭。第三段中，寫「中秋觀月為宜」，便是賞鑑盡此潭。結處「樂居而忘故土」一句，便是知己盡此潭。筆墨之間，聲情倍至。

陳衍云：

鈷鉧潭記云：「其始蓋冉水自南奔注，抵山石，屈折東流；其顛委勢峻，盪擊益暴，齧其涯，故旁廣而中深，畢至石乃止。流沫成輪，然後徐行；其清而平者，且十畝，有樹環焉，有泉懸焉。」末云：「則崇其臺，延其檻，行其泉於高者墜之潭，有聲潨然，尤與中秋觀月為宜，於以見天之高，氣之迥，孰使予樂居夷而忘故土者，非茲潭也歟？」案：寫鈷鉧形頗肖，又極大方。鈷鉧，圓而有柄者也。自「盪擊暴豁」至「有樹環焉」，言其圓也。既云「有泉懸焉」，又云「行其泉於高者墜之潭」，言其柄也。結跌宕有神。

林紓云：

鈷鉧潭，非勝概也。但狀冉水之奔迅，工夫全在一「抵」字，以下水勢均從「抵」字生出。水勢南來，山石當水之去路，水不能直瀉，自轉而東流，故成為屈折。「屈」字，即抵不過山石，因折而他逝耳。其所以「盪擊」之故，又在「顛委勢峻」四字。「勢」者，水勢也；「委」者，潭勢也。水至而下迸，注其全力，趨涯如矢，中深者為水力所射。「涯」字似土石雜半，故土盡至石。著一「畢」字，即年久水齧石成深槽，至此不能更深，乃反而徐行也。其下買潭上田而觀水，語亦修潔；惟曲寫潭狀，煞費無數力量，非柳州不能復道。

徐善同云：

此篇以民生為念！「樂」者，樂解民困！所居則夷，欲觀乎月，豈是真忘故土！「於以見，天之高，氣之迴」寓意深長，無限感慨！結語，與始得西山宴游記發端之言，同其意趣。……鈷鈷潭記：「天之高，氣之迥。」猶有始得西山宴游記餘韻；而神馳千萬里外。

章行嚴云：

鉧、集韻作鏻，並注云：鈷鏻、溫器，溫器一本作鼎具。李日華六硯齋筆記云：「黃茅小景，唐子畏畫太湖濱幽奇處，名曰熨斗柄，昔柳子厚作遊鈷鉧潭記，鈷鉧者，卽熨斗柄也。」溫器殆卽熨斗，鼎具以形言，潭而有泉懸焉，則柄顯矣。熨斗柄一詞，似是鈷鉧確詁，不知竹懶何所本？

今案：此篇雖寫潭景，而寓意亦深焉，其一、居者款門所告者，不勝官租私券之委積，芟山更居，以為緩禍，則苛政猛於虎，從可知也，潭上如是，而市廛之賦，尤可知也。其二、崇臺延檻行泉等之後，中秋觀月，見天之高大，氣之遠迥，則知平居之地，天不為高，氣不為迥，審矣，夷而如此，使人忘返，則中州之不可留連，亦審矣，然而，夷豈真能使人樂而忘其故土者歟！

鈷鉧潭西小丘記

得西山後八日，尋山口西北道二百步，又得鈷鉧潭。西二十五步，當湍而浚者爲魚梁①。梁之上有丘焉，生竹樹。其石之突怒偃蹇②，負土而出，爭爲奇狀者，殆不可數。其嶔然相累而下者③，若牛馬之飲於溪；其衝然角列而上者，若熊羆之登于山。丘之小不能一畝，可以籠而有之。問其主，曰：「唐氏之棄地，貨而不售。」問其價，曰：「止四百。」余憐而售之。李深源、元克己時同遊，皆大喜，出自意外。卽更取器用，剷刈穢草，伐去惡木，烈火而焚之。嘉木立，美竹露，奇石顯。由其中以望，則山之高，雲之浮，溪之流，鳥獸之遨遊，舉熙熙然，迴巧獻技，以效茲丘之下。枕席而臥；則淸冷之狀與目謀，瀯瀯之聲與耳謀④，悠然而虛者與神謀，淵然而靜者與心謀。不匝旬而得異地者二，雖古好事之士，或未能至焉。

噫！以茲丘之勝，致之灃、鎬、鄠、杜⑤，則貴游之士爭買者，日增千金而愈不可得。今棄是州也，農夫，漁夫過而陋之，賈四百，連歲不能售；而我與深源、克己獨喜得之，是其果有遭乎！

書於石，所以賀茲丘之遭也。

注釋

①魚梁，堰石障水，而空其中，以通魚之往來，故名。

②偃蹇，高貌。

③嶔，音欽，石聳立貌。

④瀯，音營，瀯瀯，水聲。

⑤澧，水名，在今陝西。鎬京，周都，在長安西南。鄠，音戶，漢縣名。杜，漢曰下杜，唐曰杜陵。

析評

蔣之翹云：

尋常事，尋常意，他立名造語，變化得別，蘇子美滄浪亭記，大略本此。

虞集云：

公之好奇，如貪夫之籠百貨，而其文亦變幻百出。

唐順之云：

問其主，問其價，二意似淺淺者，然子厚備述到此，最有斟酌，且文字亦騷。

劉大櫆云：

前寫小丘之勝，後寫棄擲之感，轉折獨見幽冷。

儲欣云：

寓意至遠，令人殊難為懷。

何焯云：

「唐氏之棄地」，棄地比遷客。「則清冷之狀與目謀」四句，四「與謀」字為遭字起本。「心神」二句寓己之可貴。「所以賀茲丘之遭也」，茲丘猶有遭逐客，所以羨而賀也。言表殊不自得耳。

朱宗洛云：

凡前後呼應之筆，皆文章血脈貫通處。然要周匝，又要流動，要自然，又要變化，此文後一段可法。有兩篇聯絡法，如此起處是也。有取勢歸源法，如此文先言竹樹及石之奇，而以「籠而有之」句勒住是也。有有意無意默默生根法，如此文中下一「憐」字為末段伏感慨之根。下一「喜」字，為結處「賀」字作張本也。

孫琮云：

此篇平平寫來，最有步驟。一段先敘小丘，次敘買丘，又次敘闢蕪刈穢，又次敘遊賞此丘，末後從小丘上發出一段感慨，不擒越一筆，不倒用一筆。妙，妙。

林雲銘云：

子厚游記，篇篇入妙，不必復道。此作把丘中之石，及既售得之後，色色寫得生活，尤為難得。末段以賀茲丘之遭，借題感慨，全說在自己身上。蓋子厚向以文名重京師，諸公要人，皆欲令出我門下，猶致茲丘於灃鎬鄠杜之間也。今謫是州，為世大僇，庸夫皆得詆訶，頻年不調，亦何異為農夫漁父所陋，無以售於人乎？乃今茲丘有遭，而己獨無遭，賀丘所以自弔，亦猶起廢之答無躄足涎頳之望也。嗚呼！英雄失路，至此亦不免氣短矣。讀者當於言外求之。

汪基云：

淋漓感慨，具無限深情；不徒以雕繪景色為工。至於埋伏照應，針縷細密，作家原自不苟。此特妙在布置自然，渾化無迹。

過珙云：

於眼前境幻出奇趣，於奇趣中生出靜機。使茲丘不遇柳州，特頑土耳。今此文常在，則此丘不朽曰可賀，則誠可賀也。

吳楚材吳調侯云：

前幅平平寫來，意只尋常，而立名造語，自有別趣。至末從小丘上發出一段感慨，為茲丘致賀。賀茲丘，所以自弔也。

陳衍云：

「嶔然相累」四句，狀潭處向上向下之石，工妙絕倫。殆即從無羊詩「或降於阿，或飲於池」名句悟出。後「清冷之狀」四句，與此相映帶，用考工記「進與馬謀，退與人謀」句法，可謂食古能化。

林紓云：

鈷鉧潭記，記水也。鈷鉧潭西小丘記，記石也。狀石，易於狀水。神氣全在「嶔然相累而下者，若牛馬之飲於溪；其衝然角列而上者，若熊羆之登於山」。「相累」，是下趨狀；「角列」，是上挺狀。其下「目謀」，「耳謀」，「神謀」，「心謀」四「謀」字；以外虛成內徹，似有見道之意。其下復冀及「貴游之爭買」：則名心到底不忘，仍與愚溪詩序，同一口吻。

徐善同云：

小丘，一「棄地」耳！「貨而不售」！柳氏窺見其「生竹樹，其石之突怒偃蹇，負土而出，爭為奇狀者，殆不可數！其嶔然相累而下者，若牛馬之飲于溪，其衝然角列而上者，若能熊羆之登於山」。「憐而售之」！「更取器用，剷刈穢草，伐去惡木，烈火而焚之。嘉木立，美竹露，奇石顯」矣！是「茲丘之遭也」！「由其中以望，則山之高，雲之浮，溪之流，鳥獸之遨遊，舉熙熙然迴巧獻技，以效茲丘之下。枕席而臥，則清冷之狀，與目謀；瀯瀯之聲，與耳謀；悠然而虛者，與神謀；淵然而靜者，與心謀」。是「茲丘之勝」也！然其為文，又及「灃、鎬、鄠、杜」。心居魏闕歟？則「山之高，雲之浮，溪之流，鳥獸之遨遊，舉熙熙然迴巧獻技，以效茲丘之下」志嚮廊廟歟？「枕席而臥，則清冷之狀，與目謀；瀯瀯之聲，與耳謀；悠然而虛者，與神謀；淵然而靜者，與心謀」。欲致天下於太平歟？是見放南夷，不忘欲返，託山水以發之歟？然而一僨不復，卒死窮裔！茲丘有遭，而斯人材不為世用，其亦不幸之甚矣！

章行嚴云：

永州八記中，似此首稍遜，蓋以金錢說明山水之貴賤，致為王夷甫之流之所訕笑，略於文之高貴品質有損。獨文中「其嶔然相累而下者，若牛馬之飲於溪，其衝然角列而上者，若熊羆之登於山」，寫竹樹得獸態處，詞出意表，而刻畫無上。……柳州山水諸記，能引人入勝，千載之下，讀者立覺當時之人與地宛在，而己若有物焉，導向使與相會，因而古今人物彼己，都滙而為一，引吭微誦，其文字字沁入心脾，感受到一種無言之妙，柳記人人道好，好處應卽在此。

今案：此文描摹細膩，狀物傳神，其言雖似曠達，實則意含悲切，蓋此篇以唐氏之棄地，比謫居之遷客，用以自喻，而以其地之售與不售，遭與不遭，隱然自況，是以倍覺其悽惻也，或病文中以財帛之價四百為慊，以日增千金為愈不可得，因嗤以為俗者，不知此特借以相譬耳，柳公豈眞斤斤於地價之高低崇卑，而抑揚聳動其心意者哉！

至小丘西小石潭記

從小丘西行百二十步，隔篁竹①，聞水聲，如鳴佩環。心樂之。伐竹取道，下見小潭，水尤清冽。泉，石以爲底。近岸，卷石底以出。爲坻，爲嶼，爲嵁，爲巖②。青樹翠蔓，蒙絡搖綴，參差披拂。潭中魚可百許頭，皆若空遊，無所依；日光下澈，影布石上，佁然不動；俶爾遠逝③，往來翕忽，似與遊者相樂。

潭西南而望，斗折蛇行，明滅可見其岸，勢犬牙差互，不可知其源。

坐潭上，四面竹樹環合，寂寥無人，淒神寒骨，悄愴幽邃。以其境過清，不可久居，乃記之而去。

同遊者：吳武陵、龔古、余弟宗玄；隸而從者：崔氏二小生，曰恕己，曰奉壹。

注　釋

①篁，竹田也。

②坻，音池，水中高地。嶼，音與，小島。嵁，音堪，山不平也。
③佁，音怡，固滯貌。俶，音促，俶爾，疾貌。

析評

蔣之翹云：
無多景，却寫得杳杳冥冥，忽忽悠悠，是絕妙小品文字。……悠然有濠濮間想，至斗折蛇行，字尤奇。

楊慎云：
柳子厚小石潭記：「潭中魚可百許頭，皆若空遊無所依。」此語本之酈道元水經注：「淥水平潭，清潔澄深，俯視遊魚，類若乘空。」沈佺期詩「魚似鏡中懸」，亦用酈語意也。

常安云：

劉大櫆云：
寫魚樂處，於濠梁外，又出一奇。

摹寫魚之游行澄水中，如化工肖物。

李剛己云：

此上皆就水言，摹寫魚之游行，正以見水之清洌……此八句摹寫物狀，尤為窮微盡妙，具此筆力，可以鑴鑱造化，雕刻百態矣。

沈德潛云：

「過清」二字，收盡通篇，此數句，文境亦極悄愴幽邃，塵勞中讀之，可以滌煩襟而釋躁念，此古人所謂一卷冰雪文也。……記潭中魚數語，動定俱妙，後全在不盡，故意境彌深。

盧元昌云：

山水奇致，非公不能畫出。公小記，大略得力于水經注。

何焯云：

「聞水聲如鳴佩環」，水激石而成聲，一句中將下兩層都暗領。「泉石以為底」，敘明「石」字，先寫四面竹樹。「潭中魚可百許頭」六句，透出清洌。「其岸勢犬牙差互」二句，石岸差互，故水流皆作斗折蛇行之勢，為岸所蔽，雖明滅可見，莫窮其源也。

孫琮云：

古人遊記，寫盡妙景，不如不寫盡為更佳；遊盡妙境，不如不遊盡為更高。蓋寫盡遊盡，早已境味索然；不寫盡不遊盡，便見餘興無窮。篇中遙望潭西南一段，便是不寫盡妙景；潭上不久坐一段，便是不遊盡妙境。筆墨悠長，情興無極。

陳衍云：

極短篇，不過百許字，亦無特別風景可以出色，始終寫水竹淒清之景而已。而前言「心樂」；中言潭中魚與遊者相樂；後「淒神寒骨」，理似相反，然樂而生悲，遊者常情。大而汾水，小而蘭亭，此物此志也。其寫魚云：「潭中魚可百許頭，皆若空遊無所依；日光下澈，影布石上，佁然不動；俶爾遠逝，往來翕忽。」工於寫魚工於寫水之清也。

林紓云：

小石潭記則水石合寫，一種幽僻冷艷之狀，頗似浙西花隝之藕香橋。「坻」「嶼」「嵁」「巖」，非真有是物，特石自水底挺出，成此四狀。其上加以「青樹翠蔓，蒙絡搖綴，參差披拂」，是無人管領，艸木自為生意。寫溪中魚百許頭，空游若無所依，不是寫魚，是寫日光。日光未下澈，魚在樹蔭蔓條之下，如何能見。其「怡然不動，俶爾遠逝，往來翕忽」之狀，一經日光所澈，了然俱見。「澈」字，即照及潭底意，見底即似不能見水，所謂「空遊無依」者，皆潭水受日所致。一小小題目，至於窮形盡相，物無遁情，體物直到精微地步矣。「潭西南而望，斗折蛇行，明滅可見。」此中不必有路，特借之為有餘不盡之思。至「竹樹環合，寂寥無人」，文有詩境，是柳州本色。

吳闓生云：

按此文在諸篇中尤為空曠幽冷，令讀者淒神寒骨，古今文家，未有能及之者，詩家唯謝康樂、孟襄陽，時有此爾。……青樹翠蔓三句，與袁家渴記「每風自四山而下」數語，皆極善形容草木之狀，其意境蓋本於司馬長卿子虛、上林，楊子雲甘泉諸賦。

徐善同云：

小石潭記云：「潭中魚，可百許頭，皆若空遊無所依；日光下澈，影布石上；怡然不動，俶爾遠逝，往來翕忽，似與遊者相樂！」寫魚，未見有如是之工者！黃溪記：「有魚數尾，方來會石下。」以「方」字，「會」字傳神，一瞬間耳！此則：曲盡魚遊水中之狀，而富生趣！其「似與遊者相樂」，溝通人魚間。一「似」字，高出莊生之上！而「空遊無所依」，以空靈之胸襟，寫水中之遊魚。描繪之肖，境界之高，無以尚之！尤其絕妙者也！「坐潭上，四面竹樹環合，寂寥無人。淒神寒骨，悄愴幽邃！以其境過清，不可久居！」極盡荒陬之幽冷！而其情，又極其悽楚之至！

今案：此文泰半寫山水游魚之狀，直若鬼斧神工，刻畫曲盡其妙，而末段則有幽悄不盡之意存焉，潭水西南而望，不知其源，此景物之不盡者也，坐潭上，寂寥無人，不可久居，此心情之不盡者也，情景交互，融為幽遠之勢，遂於樂遊之中，引出悽悲意味，此與王右軍序蘭亭，由修褉而馴至「修短隨化，終期於盡」者，彷佛似之。

袁家渴記

由冉溪西南，水行十里，山水之可取者五，莫若鈷鉧潭。由溪口而西，陸行，可取者八九，莫若西山。由朝陽巖東南，水行，至蕪江，可取者三，莫若袁家渴，皆永中幽麗奇處也。

楚、越之間方言，謂水之反流者爲「渴」。音若「衣褐」之「褐」。渴，上與南館高嶂合，下與百家瀨合。其中重洲，小溪，澄潭，淺渚，閒厠曲折。平者深黑，峻者沸白。舟行若窮，忽又無際。有小山出水中，山皆美石，上生青叢，冬夏常蔚然。其旁，多巖洞。其下，多白礫。其樹，多楓柟石楠楩櫧樟柚。草，則蘭芷。又有異卉，類合歡而蔓生，轇轕水石。每風自四山而下，振動大木，掩苒衆草①，紛紅駭緑，蓊葧香氣②，衝濤旋瀨，退貯谿谷，搖颺葳蕤③，與時推移。其大都如此。余無以窮其狀。

永之人未嘗遊焉，余得之，不敢專也，出而傳於世。其地世主袁氏，故以名焉。

注釋

①掩苒，衆草被風之態。

②蓊葧，草盛之貌。

③葳蕤，音威蕊，草木實垂貌。

析評

蘇軾云：

每風自四山而下，振動大木，掩苒衆草，紛紅駭綠，蓊葧香氣，子厚善造語，若此句，殆入妙矣。

蔣之翹云：

予聞之董太史玄宰云，以徑之奇怪論，則畫不如山水，以筆墨之精妙論，則山水決不如畫，及觀此記，則奇怪精妙，吾直以為兩相當矣。

李厚庵云：

末段言風處，亦以興己。

姚鼐云：

風賦「邸華葉而振氣」云云，文特就賦意而演之，七發云「衆芳芬鬱，亂於五風」云云，亦本風賦，秦漢人文，善學者得其片言隻字，即可推演成妙文。

汪武曹云：

就風將山木草一并收在水上，造語又精妙之極。

盧元昌云：

天欲洗出永州諸名勝，故謫公于此地。觀其窮一境，輒記一筆，千載下知永州有鈷鉧、石渠、西山、石澗、袁家渴諸地者，皆公之力也。

何焯云：

「皆永州幽麗其處也」，其近刻作奇，然恐均誤，或是異字。「每風自四山而下」至「大都如此」，發明反流襯筆，尤狀出幽麗。

孫琮云：

讀袁家渴一記，只如一幅小山水，色色畫到。其間寫水，便覺水有聲；寫山，便覺山有色；寫樹，便覺枝幹扶疎；寫草，便見花葉搖曳。真是流水飛花，俱成文章者也。

陳衍云：

袁家渴記，起亦黃溪記起法，餘則用楚騷漢賦六朝初盛唐詩語意寫之。

林紓云：

袁家渴記於水石容態之外，兼寫艸木。每一篇，必有一篇中之主人翁，不能謂其漫記山水也。「舟行若窮，忽又無際」，此景又甚類浙之西溪。大抵南中溪流，多抱山。山趺入水，兩山夾之，則溪流狹；山趺一縮，則溪面卽宏闊。「舟行若窮」，舟未繞山而轉也。「忽又無際」，則轉處見溪矣。大木楓柟，小草蘭芷，在文中點綴，却亦易寫，妙在拈出一個「風」字，將木收縮入「風」字。總寫凡「紛紅駭綠，蓊勃香氣，衝濤旋瀨，退貯溪谷，搖颺葳蕤，與時推移」等句，均把水聲花氣樹響作一總束，又從其中渲染出奇光異采，尤覺動目。綜而言之，此等文字，須含一股靜氣，又須十分畫理，再著以一段詩情，方能成此傑構。

吳汝綸云：

此與遊黃溪記，皆撫史記西南夷傳。

徐善同云：

袁家渴，處高山下。山多石。故其寫水也，則曰：「渴，上與南館高嶂合，下與百家瀨合。其中重洲小溪，澄潭淺渚，間廁曲折。平者，深黑；峻者，沸白。舟行若窮，忽又無際。」曰：「有小山，出水中。山皆美石，上生青叢，冬夏常蔚然。其旁，多巖洞。其下，多白礫。其樹，多楓、柟、石楠、楩、櫧、樟、柚。草，則蘭、芷。又有異卉，類合歡，而蔓生，轇轕水石。」寫水中小山也。「每風自四山而下，振動大木，掩苒衆草；紛紅駭綠，蓊葧香氣；衝濤旋瀨，退貯谿谷，搖颺葳蕤，與時推移。」山高，谷深，草木茂盛。風甚厲，景至奇，而文極生動！此文顛峯，其在斯乎！山水，山靜而水動；而水之與風，風之動，又甚於水矣！物性如此。作為文章，寫風，易見生動。此

寫山水而及風，所以成其顛峯，遂其生動之致也。

今案：此文之作，與游黃溪記同，寫景範圍，皆自大而小，逐漸收縮，逐漸凸出其主角者也，「每風自四山而下」一段，確為描寫山川草木風勢之極致，林琴南謂柳公，「每篇必有一篇中之主人翁，不能謂其漫記山水也」，其說甚是，此篇之末，「搖颺葳蕤，與時推移」，謂花草樹木，隨山風之勢而為之抑揚也，此柳公隱以自喻，為一篇之主人翁者也，李厚庵謂

「言風處亦以興己」，其意洵屬得之。

石渠記

自渴西南行，不能百步，得石渠，民橋其上。有泉幽幽然，其鳴乍大，乍細。渠之廣，或咫尺，或倍尺①。其長，可十許步。其流，抵大石，伏出其下。

踰石而往，有石泓，昌蒲被之，青鮮環周②。

又折西行，旁陷巖石下。北墮小潭。潭，幅員減百尺。清深多儵魚③。

又北，曲行紆餘，睨若無窮。然卒入于渴。

其側，皆詭石，怪木，奇卉，美箭。可列坐而庥焉。風搖其顛，韻動崖谷。視之既靜，其聽始遠。

予從州牧得之，攬去翳朽，決疏土石，既崇而焚，既釃而盈④。惜其未始有傳焉者，故累記其所屬，遺之其人，書之其陽，俾後好事者求之得以易。

元和七年正月八日，蠲渠至大石，十月十九日，踰石得石泓小潭，渠之美於是始窮也。

注釋

①八寸曰咫。

②鮮，苔蘚也。

③儵，音由，白魚也。

④釃，音司，分也。

⑤蠲，音捲，潔也，除也。

析評

蔣之翹云：

子厚諸記，每狀一水一石處，亦各極其致，故令人讀之，似欲解衣盤礴於其境。

茅坤云：

清洌。

沈德潛云：

亦善寫風，前篇駭動，此篇靜遠。

常安云：到處不肯放過，古人用心每如此。

何焯云：「視之既靜，其聽始遠」，李云：名理。遠者虛谷相應，故此貌巳靜，彼聲轉遠也。

孫琮云：接袁家渴記讀去，便見妙境無窮。篇中第一段寫石渠幽然有聲，確是寫出石渠，不是第二段石泓。第二段寫石泓澄然以清，確是寫出石泓，不是第三段石潭。第三段寫石潭，亦不是第一段第二段石渠石泓，洵是化工肖物之筆。

徐善同云：高山多風。袁家渴之風，烈風也。此云：「風搖其顛，韻動崖谷。視之既靜，其聽始遠。」和風也。風起於天地絪緼，變化無極。袁家渴勢峻，風烈；此坦夷，風和。二文二風，屬詞匠意，蓋嘗斟酌之矣。以「風搖其顛，韻動崖谷。視之既靜，其聽始遠。

」為寫景之結語，富祥和之氣，而餘韻悠長！洵高士之清賞，文宗之妙筆。

章行嚴云：

廖注云：「自袁家渴至小石城山四記，皆同時作，石渠記所謂惜其未始有傳焉，故累記其所屬，遺之其人者也。石渠記云：元和七年十月十九日云云，則四記可以類推矣。」子厚記鈷鉧潭西小丘時，竊幸茲丘之有遭，夫有遭亦僅耳，富貴榮華能幾時？阿瞞臨汾而歎息，時君且如此，何況區區貶吏？子厚不能不想到己之莅此，有同傳舍，將來遺之其人，俾後好事者求之，己及時作記，將有「其文則史」之重大意義。於是元和七年正月八日，蠲渠至大石，十月十九日，踰石得石泓小潭，至今巋然屹立於永州八記中。

今案：此記遊踪，仍自袁家渴出發，自渴西南行，不能百步，即得石渠，踰石而往，又得石泓，又折西行，復得石潭，此文以寫石為主，而石渠、石泓、石潭，確乎寫出三種不同面貌，其總以石渠為名者，亦昭其始而已矣。

石澗記

石渠之事既窮，上由橋西北，下土山之陰，民又橋焉。其水之大，倍石渠三之一。亘石爲底，達于兩涯。若床，若堂，若陳筵席，若限閫奧①。水平布其上，流若織文，響若操琴。揭跣而往②，折竹，掃陳葉，排腐木，可羅胡床十八九居之③。交絡之流，觸激之音，皆在床下。翠羽之木，龍鱗之石，均蔭其上。古之人其有樂乎此耶！後之來者，有能追余之踐履耶！得意之日，與石渠同。

由渴而來者，先石渠，後石澗；由百家瀨上而來者，先石澗，後石渠。澗之可窮者，皆出石城村東南。其間可樂者數焉。其上深山幽林逾峭險，道狹不可窮也。

注　釋

①閫，音困，門限也。奧，室中隱奧之處。

②揭，音棄，攝衣渡水也。跣，赤足也。

③胡床，結繩為床曰胡床。或云，胡床，交椅也。

析評

蔣之翹云：

永中山水，子厚已搜抉無遺，使子厚不謫居于此，則永終一荒壤耳。

唐順之云：

點綴如明珠翠羽。

汪武曹云：

起法又變，……結法與上各別。

沈德潛云：

連袁家渴、石渠二篇，俱以窮字作線索。……柳州遊山水記諸篇，有次第，有聯絡，而又不顯然露次第聯絡之跡，所以別於後人。

常安云：

末路悠悠，可見天地之無盡藏也。

孫琮云：

讀袁家渴一篇，已是窮幽選勝，自謂極盡洞天福地之奇觀矣。不意又有石渠記一篇，另闢一個佳境。讀石渠記一篇，已是搜奇剔怪，洞天之中，又有洞天；福地之內，又有福地，天下之奇觀，更無有踰於此矣。不意又有石澗記一篇，另闢一個佳境。真是洞天之中，有無窮洞天；福地之內，有無窮福地。不知永州果有此無限妙麗境界，抑是柳州胸中筆底真有如此無限妙麗結撰，令人坐臥其間，能不移情累月。從古遊地，未有如石澗之奇者，從古善遊人，亦未有如子厚之好奇者。今觀其泉聲潺潺，入我床下，翠木怪石，堆蔭枕上，此是何等遊法。

吳汝綸云：

襟抱偶然一露，是謂神到。

徐善同云：

「亘石為底，達于兩涯；若床，若陳筵席，若限閫奧」，庭院之趣也。而「水平布其上，流若織文，響若操琴」，視聽之娛也。又有「翠羽之木，龍鱗之石，均蔭其上」

，覆蔽之美也。乃喟然歎曰：「古之人其有樂乎此邪？後之來者有能追余之踐履邪？」」自得之樂也。是以石澗為家園矣！永州諸記，極言其樂，無有踰於此者。言外，亦有寓意乎？未敢穿鑿。……柳文綿密，人皆知之。渠、澗二記，亦可據以為說。石渠之美，在和。窮其美，極其和也。故以「渠之美，於是始窮也」作結。石澗之趣，在樂。樂，不可極！故其結語曰：「其上，深山，幽林，逾峭險，道狹，不可窮也。」此亦柳文之綿密處也。

今案：此篇雖專寫石澗，而亦以石渠作輔，如「水之大，倍石渠三之一」，「得意之日，與石渠同」，皆借客以形主之法也，此文以翠羽龍鱗為形容之語，亦甚奇特，至於「可羅胡床」一段，真若可樂者，而又以「古之人其有樂乎此耶」一句，作為設疑，則亦不無感慨之意存焉，文末「其上深山幽林逾峭險，道狹不可窮也」，尤具悠然不盡意味。

小石城山記

自西山道口，徑北，踰黃茅嶺而下，有二道：其一西出，尋之無所得。其一少北而東，不過四十丈，土斷而川分，有積石橫當其垠①。其上，爲睥睨梁欐之形②。其旁，出堡塢③，有若門焉。窺之正黑。投以小石，洞然有水聲。其響之激越，良久乃已。環之可上，望甚遠。無土壤而生嘉樹，美箭，益奇而堅。其疏數偃仰，類智者所施設也。

噫！吾疑造物者之有無久矣，及是愈以爲誠有。又怪其不爲之於中州，而列是夷狄，更千百年不得一售其伎。是固勞而無用，神者儻不宜如是，則其果無乎！

或曰：「以慰夫賢而辱於此者。」或曰：「其氣之靈不爲偉人，而獨爲是物。故楚之南少人而多石。」是二者，余未信之。

注　釋

①垠，岸涯也，界限也。

②睥睨，城上短牆。欐，屋棟也。

③堡，小城，塢，壁壘。

析評

蔣之翹云：

境固幽峭旁出，議論更奇。

茅坤云：

借石之瑰瑋，以吐胸中之氣。

儲欣云：

惝怳然疑，總束永州諸山水記，千古絕調。

金聖歎云：

筆筆眼前小景，筆筆天外奇情。

林雲銘云：

柳州諸記，多描寫景態之奇，與游賞之趣。此篇正略敘數語，便把智者施設一句，生出造物有無兩意疑案。蓋子厚遷謫之後，而楚之南實無一人可以語者，故借題發揮，用寄其以賢而辱於此之慨，不可一例論也。

過珙云：

明明寫二道，却擱置一道不提，只說一道；而一道又疑其有，疑其無，寫得小石城分明海外三山相似。後借境舒情，更磊落多奇。一結忽作玩世語，將毋不恭。

朱宗洛云：

此篇景實意虛之文。由山出石，由石寫城，由城及旁，由旁及門，由門而上，既上而望，因望而異境。其寫景處，所謂以虛作實之法也。至其滿腔鬱結，俱於後半發抒。然脫却本題，空中感慨，又不免有文無題之病！文於寫景處，輕輕著「類智者所施設」一句。連用「疑」字、「以為」字、「又怪」字、「儻」字、「則其」字，先言有無之難定；次言無者，未必不有；次又言有者，未必不無；次又借他人口中言無者畢竟或有；又從自己臆斷，見有無畢竟未可定，以見己之賢，不應置於此意。所謂實者翻虛之法也。

孫琮云：

前幅一段逕敘小石城。妙在後幅從石城上忽信一段造物有神，忽疑一段造物無神，忽捏一段留此石以娛賢，忽捏一段不鍾靈於人而鍾靈於石。詼諧變幻，一吐胸中鬱勃。

常安云：

大地無心而成化，何勞何神之有乎？然其文甚清辨可喜。

陳天定云：

借題發論，竟以瘦潔勝。

吳楚材吳調侯云：

借石之瑰瑋，以吐胸中之氣。柳州諸記，奇趣逸情，引人以深，而此篇議論，尤為崛出。

蔡鑄云：

按子厚謫居楚南，鬱鬱適茲土。地僻人稀，無可與語，特借山水以自遣。玩「賢而辱於此」句，其不平之氣，已溢於毫端。

陳衍云：

雖短篇，跌宕可誦。

徐善同云：

物之稟賦，無不多奇！不遇，無以顯其奇矣！小石城山：「無土壤而生嘉樹美箭。」柳氏奇之，而轉折於造物者之有無，自傷不遇！文詞婉縟，跌宕有神！此文宜與小丘記並讀。

章行嚴云：

此文廖廖二百字，讀之有尺幅千里之勢，而又將己之鬱勃思致，憤慨情緒，一一假山石之奇堅，樹箭之疏數，悉量表襮於其間，茅順甫謂：「借石之瑰瑋，以吐胸中之氣。」信然。

今案：此篇前半寫小石城，恍若海外仙山，變幻卷舒，奇妙莫測。後半借景抒懷，「疑造物者之有無」，雖屬異想，亦在人情之中，「不為之於中州，而列是夷狄」，則暗以自喻也，行文至「以慰夫賢而辱於此者」，則全篇之主旨出矣，然終不免於淺露量小之譏，至於以「楚之南少人而多石」，於柳公雖或紀實，亦不免大傷南人之心也，末復以「余未信之」，引入疑詞，以為迴盪之姿。

柳州東亭記①

出州南譙門②，左行二十六步，有棄地，在道南。南值江，西際垂楊傳置③，東曰東館。其內草木猥奧。有崖谷，傾亞缺圮④，豕得以爲囿，虵得以爲藪，人莫能居。至是，始命披刜蠲疏⑤，樹以竹箭松檉桂檜柏杉。易爲堂亭，峭爲杠梁⑥。下上徊翔，前出兩翼。馮空拒江，江化爲湖。衆山橫環，嶛灂瀴灣⑦。當邑居之劇⑧，而忘乎人間，斯亦奇矣。

乃取館之北宇，右闢之以爲夕室；取傳置之東宇，左闢之以爲朝室；又北闢之以爲陰室；作屋于北墉下以爲陽室；作斯亭于中以爲中室。朝室以夕居之，夕室以朝居之，中室日中而居之，陰室以違溫風焉，陽室以違淒風焉。若無寒暑也，則朝夕復其號。

既成，作石于中室，書以告後之人，庶勿壞。元和十二年九月某日柳宗元記。

注　釋

①柳州，今廣西馬平縣。

②譙，城上樓也。

③垂楊，地名，傳置，驛站也，傳，音轉。

④亞，或作凸，高起也。

⑤刜，音弗，斫也。蠲，音捲，除也。

⑥杠，音槓，杠梁，皆橋也。

⑦瀴，音嬰，水絕遠貌。

⑧劇，繁也。

析評

孫琮云：

此篇大約分四段：一段寫棄地，一段寫闢地，一段寫建亭築室，一段寫四時序室之宜，筆筆涉趣。

章行嚴云：

子厚貶永十年，召還京師，未及三月，復被命刺柳，雖同一貶也，而刺柳終是貶中之陟，猶之子厚為東平呂溫誌墓，說其以陟為衡州也。以此之故，子厚此番徙柳，有社有人，志存宏濟，與距此十年沉滯於永，僅得以僇人偷隙游行不同。柳州東亭記，應視為政治建制之一種記錄，與曩在禮部所為監察使或館驛使諸壁記等，同一類型，而不應列在永州八記之後。劉夢得當年為子厚編集，或未及注意到此。

子厚在柳州作記僅二篇，而二者性質，都有異於永州諸作，東亭記之政治性重，如右所述，而近治可游者記，亦仍然原本山川，極命草木，大之仰躋禹貢，小亦俯瞰酈道元水經注，究與尋常優遊宴樂之作有別。

文之後半幅：「乃取館之北宇，右闢之以為夕室，取傳置之東宇，左闢之以為朝室，又北闢之以為陰室，作屋於北牖下，以為陽室，作斯亭於中，以為中室。朝室以夕居之，夕室以朝居之，中室日中而居之，陰室以違溫風焉，若無寒暑也，則朝夕復其號。既成，作石於中室，書以告後之人，庶勿壞。」此一記錄，幾與明堂圖比重，卽此窺見子厚體國經野大計劃之一斑。子厚嘗謂：「卽末以操其本，可八九得」，吾於此記亦云。

今案：此篇結構完整，出語自然，景物形容，亦頗佳妙，雖在永州八記之後，情境韻味，亦毫不遜色，文中所謂朝夕陰陽之室，若能變幻風雨，宜於四時者然，或當別有寄寓，惜乎不能深知之也。

柳州山水近治可遊者記

古之州治，在潯水南山石閒①，今徙在水北直平四十里，南北東西皆水滙②。北有雙山，夾道嶄然，曰背石山。有支川，東流入于潯水，潯水因是北而東，盡大壁下，其壁曰龍壁，其下多秀石，可硯③。

南絕水，有山，無麓，廣百尋④，高五丈，下上若一，曰甑山。山之南，皆大山，多奇。又南且西，曰駕鶴山，壯聳環立，古州治負焉。有泉在坎下，常盈而不流，南有山，正方而崇，類屏者，曰屏山。其西，曰四姥山。皆獨立不倚，北流潯水瀨下。

又西，曰仙弈之山，山之西，可上，其上有穴。穴有屏，有室，有宇。其宇下有流石成形，如肺肝，如茄房，或積于下，如人，如禽，如器物，甚衆。東西九十尺，南北少半。東登，入小穴，常有四尺，則廓然甚大。無竅，正黑，燭之，高僅見其宇，皆流石怪狀。由屏南室中入小穴，倍常而上，始黑，已而大明，爲上室。由上室而上，有穴，北出之，乃臨大野，飛鳥，皆視其背。其始登者，得石枰於上，黑肌而赤脈，十有八道，可弈，故以云。其山多樫，多櫧，多篔簹之竹，多橐吾⑤，其鳥多秭歸⑥。

石魚之山，全石，無大草木，山小而高，其形如立魚，尤多秭歸。西，有穴，類仙弈。入其穴，東，出其西北，靈泉在東趾下，有麓環之。泉大類轂雷鳴，西奔二十尺，有洄，在石澗，因伏無所見，多綠青之魚，及石鯽，多鯈。

雷山，兩崖皆東西，雷水出焉，蓄崖中，曰雷塘，能出雲氣，作雷雨，變見有光。禱，用俎魚，豆彘，脩形，糈稌酒陰，虔則應。在立魚南⑦，其閒多美山，無名而深。峨山在野中，無麓。峨水出焉，東流入于潯水。

注釋

①潯水，自今湖南靖縣流入廣西。

②匯，水回合也。

③可為硯也。

④八尺為尋。

⑤樫，河旁小楊柳。篔簹，音雲當，大竹，長節。橐吾，草名。

⑥秭歸，卽子規，又名杜鵑。

⑦立魚，卽上文所言石魚之山，其形如立魚。

析評

蔣之翹云：

前半似水經注，後半似山海經，極其奇古。

王世貞云：

杜之蜀詩，柳之永記，皆千古絕唱也。

茅坤云：

全是敍事，不著一句議論感慨，却澹宕風雅。

汪武曹云：

零零碎碎敍去，而其中自有線索，打成一片，此天下奇文也，若但以其將南北東西分敍，而謂為似史記天官書，猶皮相耳。

儲欣云：

頗似史記天官書，然彼猶有架法，此則平直敍去，零零星星，有條有理，後人杖屨而遊，不復問塗樵牧，斯益奇矣。

孫琮云：

一篇無起無收，無照無應，逐段記去，彷彿昌黎畫記。中間敍石穴一段，最為出色。

陳衍云：

全學山海經而偶參以儀禮、考工記、水經注句法。此數書，本作雜書者所避不過者也，惟此篇中如「常有四尺」，「倍常而上」，「西奔二十尺」，尺寸皆量度太真，不無可議，遊山水非營造比也。

林紓云：

柳州山水近治可遊者記，質樸如昌黎畫記，似水經注。

章行嚴云：

子厚山水諸記，惟此篇門面較廣，篇幅亦長，敍述皆據依故籍，彌覺典重，與永州諸記之短峭跳脱，足移人之情者未同。

文云：「有山無麓，廣百尋，高五丈，下上若一」，此凡未到過粵西者，皆無從喻其意。蓋粵西之山，每拔地而起，如石柱一根，下上一般大小，其積若一，與普通諸山，山下有趾，可容徐步斜上者，絕對不同。意者此地原是海底，山上泥沙，積年由海水衝洗淨盡，僅餘骨幹，以成今形，坐是人名八桂為桂海，范石湖（成大）之桂海虞衡記可考也。

柳文以遊記稱最，而所記統言永柳，顧集中收記共十一篇，九篇在永，僅兩篇在柳，此並非子厚到柳後遊興頓減，或柳可遊之地不如永也。尋子厚以司馬蒞永，而司馬閒員，不直接任民事，以故得任性廣事遊覽，至蒞柳則不然。刺史親民之官，子厚認地小亦足為國，而已以三黜不展，隱隱有終焉之志，因而不避勞怨，盡力民事，以是出遊時少，文字亦相與闃然無聞。存記兩首，大抵登錄地理、用備參稽之作，至若永記之不辭幽奧，無遠弗屆，花鳥細碎，悉與冥合，柳記中固不得如許隻字也。

篇中所用流石字，古籍中絕罕見。大概是子厚自造字，指地殼翻騰時，火山爆發，流質堅而成石，如肺、如茄、如禽、如物等等，各種怪狀都有，因而名之曰流石云。

「有山無麓」，亦篇中奇句。蓋天下之山，無有無麓者，長沙有嶽麓，嶽麓者、南嶽之麓也，而南嶽在衡山。夫山與麓、且相距數百里之遙而不爽，何況山與麓之同宅一區者乎?獨五管之山，多自海底翻出，泥沙皆由海水、積年淘洗淨盡，於是山成直幹，下上若一，此八桂之山狀奇，蔚成柳州句法之奇。

今案：此篇古峭典重，然亦過於質實樸拙，直似柳公雜記山水未成之作者，然於柳地山水之奇，景觀之美，固可假此為臥遊之資焉。

與友人論爲文書①

古今號文章爲難，足下知其所以難乎？非謂比興之不足，恢拓之不遠，鑽礪之不工，頗纇之不除也②。得之爲難，知之愈難耳。苟或得其高朗，探其深賾，雖有蕪敗，則爲日月之蝕也，大圭之瑕也，曷足傷其明黜其寶哉？

且自孔氏以來，玆道大闡。家脩人勵，刓精竭慮者③，幾千年矣。其間耗費簡札，役用心神者，其可數乎？登文章之錄，波及後代，越不過數十人耳。其餘誰不欲爭裂綺繡，互攀日月，高視於萬物之中，雄峙於百代之下乎？率皆縱臾而不克④，躑躅而不進，力蹶勢窮，吞志而沒。故曰得之爲難。

嗟乎！道之顯晦，幸不幸繫焉；談之辯訥，升降繫焉；鑒之頗正，好惡繫焉；交之廣狹，屈伸繫焉。則彼卓然自得以奮其間者，合乎否乎？是未可知也。而又榮古陋今者，比肩疊跡。大抵生則不遇，死而垂聲者衆焉。揚雄沒而法言大興，馬遷生而史記未振。彼之二才，且猶若是，況乎未甚聞著者哉！固有文不傳於後祀，聲遂絕於天下者矣。故曰知之愈難。而爲文之士，亦多漁獵前作，戕賊文史，抉其意，抽其華，置齒牙間，遇事蠭起、金聲玉耀，誑聾瞽之人，徼一時之聲。雖終淪棄，而其奪朱亂雅⑤，爲害已甚。是其所以難也。

間聞足下欲觀僕文章，退發囊笥，編其蕪穢，心悸氣動，交於胸中，未知孰勝，故久滯而不往也。今往僕所著賦頌碑碣文記議論書序之文，凡四十八篇，合爲一通，想令治書蒼頭吟諷之也⑥。擊轅拊缶⑦，必有所擇，顧鑒視其何如耳，還以一字示褒貶焉。

注釋

①一作「答友人求文章書」。

②纇，偏也。纇，疵也。纇纇，謂瑕疵。

③刓，削也。

④縱臾，勉強也。

⑤論語陽貨：「子曰，惡紫之奪朱也，惡鄭聲之亂雅樂也。」

⑥蒼頭，僕隸也。

⑦漢書楊惲傳：「仰天拊缶，而呼烏烏。」

析評

蔣之翹云：

議論亦確，自奕奕有風骨。

何焯云：

「非謂比興之不足」六句，世得云：此文所云得之，蓋老蘇所云天之所與者。其云「比興恢拓」四語，則人工雖至，而非天之所與者也。得之難者，天也　知之難者，人也。「則彼卓然自得以奮其間者」二句，帶上一層。「況乎未甚聞者哉」，「聞」字下有「著」字。李云：盡歷代文章作者傳者之弊，而隱寓其所為卓然自信者。

孫琮云：

作文固難，知文不易。子厚是作文之人，友人是知文之人。以曠古難覯之事，一席相遇，豈不大快。今卻反寫作者之難得，知者之難識，立一篇議論。說得甚難，愈見其大快，於是自己之地位既高，而友人之品鑒亦隆，真是一時知己，不可有兩。

林紓云：

柳州與友人論為文書，與昌黎異。昌黎諸書，是論作文之艱苦，及回甘之滋味；柳州則但敍文人之遭遇，及為文之流弊而已。意蓋輕藐流輩之不知文，雖有獨得之秘，世亦莫知。故破題說一「難」字，不惟得之為難，知亦愈難。其下遂分得與知之難，擘為兩大段。其言得之難，意為文者，不必無瑕累，求傳者不能無期望，然得名者寡，湮沒者多，此其所以難也。其言知之難，則繫乎「道之顯晦」，「談之辯訥」，「鑒之頗正」，「交之廣狹」，似其中皆有運命存焉。彼揚雄、馬遷之文運昌榮，皆在身後，尤有「文不傳於後祀，聲遂絕於天下」，此則子厚自方，汲汲防其無名，卽是文高而知寡耳。於是痛詈當世文家之流弊，「奪朱亂雅，為害已甚」，又迴顧到得者之難。通篇大意，均未言作文之法，但切指弊病，實則能去弊病，則文體自趨於正。

章行嚴云：

「漁獵前作，戕賊文史」一段議論，乃指友人所求者古文，而當時文壇風氣，仍狃於王楊盧駱以來之駢四儷六，而未能嚴革，故子厚言之痛切如此。此正反映中唐古文運動前夕之文林弊習，與杜甫盡力捍衞初唐四傑，恰恰針鋒相對。（杜之用意，見於「王楊盧駱當時體」云云之論詩絕句中）子厚以己所着賦頌文記等四十八篇，合為一通，寄與友人，言外暗冀友人能成為拜服揚子雲之侯芭。

今案：此篇所說，重在文章之難於傳世，與文章之難於被知，通篇所論，不及於為文之方術與作文之甘苦，則似與本篇文題，若有不相符者，然此題若從唐文粹作「答友人求文章書」，則固無題義不符之病矣，且於末段，尤為切合焉，此篇氣勢駿利，風骨嶙然，其「奪朱亂雅」一節，則柳公有感而以之自況之辭。

賀進士王參元失火書①

得楊八書②，知足下遇火災，家無餘儲。僕始聞而駭，中而疑，終乃大喜，蓋將弔而更以賀也。道遠言略，猶未能究知其狀，若果蕩焉泯焉而悉無有，乃吾所以尤賀者也。

足下勤奉養，樂朝夕，唯恬安無事是望也。乃今有焚煬赫烈之虞，以震駭左右，而脂膏滫瀡之具③，或以不給，吾是以始而駭也。

凡人之言，皆曰盈虛倚伏④，去來之不可常。或將大有爲也，乃始厄困震悸，於是有水火之孽，有羣小之慍⑤，勞苦變動，而後能光明，古之人皆然。斯道遼闊誕漫，雖聖人不能以是必信，是故中而疑也。

以足下讀古人書，爲文章，善小學，其爲多能若是，而進不能出羣士之上，以取顯貴者，無他故焉。京城人多言足下家有積貨，士之好廉名者，皆畏忌，不敢道足下之善，獨自得之心蓄之銜忍而不出諸口，以公道之難明而世之多嫌也。一出口則嗤嗤者以爲得重賂。僕自貞元十五年見足下之文章，蓄之者蓋六七年未嘗言。是僕私一身而負公道久矣，非特負足下也。及爲御史尚書郎，自以幸爲天子近臣，得奮其舌，思以發明天下之鬱塞。然時稱道於行列，猶有顧視而竊笑者，僕良恨修己之不亮，素譽之不立，而爲世嫌之所加，常與孟幾道言而痛之⑥。乃今幸爲天火之所滌盪，凡衆之疑慮，舉爲灰埃。黔其廬，赭其垣⑦，以示其無有，而足下之才能乃可顯白而不汙。其實出矣，是祝融、回祿之相吾子也⑧。則僕與幾道十年之相知，不若兹火一夕之爲足下譽也。宥而彰之，使夫蓄於心者，咸得開其喙，發策決科者⑨，授子而不慄，雖欲如向之蓄縮受侮，其可得乎？於兹吾有望乎爾！是以終乃大喜也。

古者列國有災，同位者皆相弔；許不弔災，君子惡之⑩。今吾之所陳若是，有以異乎古，故將弔而更以賀也。顏、曾之養⑪，其爲樂也大矣，又何闕焉？

足下前要僕文章古書，極不忘，候得數十幅乃併往耳。吳二十一武陵來，言足下爲醉賦及對問，大善，可寄一本。僕近亦好作文，與在京城時頗異。思與足下輩言之，桎梏甚固，未可得也。因人南來，致書訪死生。不悉。宗元白。

注　釋

①王參元，濮陽人，鄜坊節度使栖曜之子，元和二年進士。

②楊八，名敬之，子厚之戚，參元之友。
③脂膏，肉食。瀹，米泔。瀡，米汁。
④老子：「禍兮福之所倚，福兮禍之所伏。」
⑤詩柏舟：「憂心悄悄，慍于羣小。」
⑥孟簡，字幾道，官諫議大夫，至御史中丞。
⑦黔，黑色。赭，赤色。
⑧祝融、回祿，皆火神之名。
⑨唐代明經取士，必為問難疑義，書之於策，以試諸士，署為甲乙之科。
⑩左傳昭公十八年記宋衞陳鄭災，陳不救火，許不弔災，君子是以知陳許之亡也。
⑪顏，顏回。曾，曾參。皆不畏貧賤而能孝養其親者也。

析　評

蔣之翹云：

辭儘工，意亦宛轉，但其蹊逕太露。

羅大經云：

東坡眼空一世，獨喜陶柳，雖遷海外，亦以二集自隨，嘗指子厚賀失火書謂山谷曰：「此人奇奇怪怪，亦三端中得一好處也。」

茅坤云：

昔晉公藏寶臺燒，公子晏子獨束帛而賀，王參元失火，子厚亦以弔更賀，且曰：「是祝融回祿之相吾子也。」兩事可為駭人，然均有卓見處。

王世貞云：

讀賀失火書，極有意致，極有力量，然「負公道」一語，君子謂見理未明者，夫士君子引拔人才，唯求不負所擧而已，能果足錄，如裴垍之進擢舊友可也，庸庸無取，如蘇章之不私故人可也，參元果賢，且將內不避親，外不避仇，而獨避一知己邪？胡為緘口結舌，寧負公道，不負私黨，寧負足下，不負權貴，而惴惴懼為世嫌所加也，八司馬之黨，宜其及矣。

歸有光云：

想參元親在，故前云「勤奉養，樂朝夕」，末慰之方，方照上養字樂字。

張伯行云：

行文亦有詼諧之氣，而奇思雋語，出於意外，可以擺脫庸庸之想。參元以積貨而累真材，子厚以避謗而掩人善，當時風俗如此，卻不可解。

何焯云：

「一出口，則蚩蚩者以為得重賂」，此卽上所謂羣小之慍，轉因水火之孽而得光明也。「顏曾之養」三句，改得密。

林雲銘云：

薦引士類，惟在至公。貧者未必皆賢，富者未必 皆不肖，然亦責自處於廉，言方見信。而世之夤緣倖進者，非貨賂不能，則瓜李之嫌，又不容不避矣。是書以聞失火，改弔為賀，立論固奇，其實就俗眼言確乎不易。若文之縱橫轉換，抑揚盡致。令罹禍者，破涕為笑，則其奇處耳。

吳楚材吳調侯云：

聞失火而賀，大是奇事。然所以賀之之故，自創一段議論，自闢一番實理，絕非泛泛也。取徑幽奇險仄，快語驚人，可以破涕為笑。

過珙云：

失火而賀，最是奇情恣筆。然說到「終乃大喜」一段，真有深識，真有至理，駭者固不足駭，而疑者終無可疑矣。不火不足以表參元，不火之盡不足以大表參元。兩斷分晰，奇特尤甚。

孫琮云：

此篇提柱分應，一段寫駭，一段寫疑，一段寫弔且賀。雖分四段，其寫駭寫疑，寫弔寫賀，是客意；寫喜一段，是正意。蓋失火而賀，此是奇文。失火而反表白參元之材，又是奇事。從奇處立論，便見超越，固知寫喜一段，是一篇正文也。

儲欣云：

語奇理正，讀此與昌黎送齊皡序，知唐以通榜取士，而當時主司，猶顧惜名節如此，亦近今所難。

蔡鑄云：

文首立三柱，以下分疏，此作文之篇法也。其議論奇創，出人意表。想是踔厲風發，屈其座人時也。

林紓云：

唐時朝士，居顯要者，多矯激而避嫌，於昌黎送齊皡下第敘中，已見之矣。柳州賀王參元失火書，正是此意。書意似怪特，然唯有唐之矯激，始有此怪特之書。失火有何可賀？賀在一火之後，可以蕩滌行賄冒進之名。書中始駭，中疑，終喜，分三段抒寫，似奇而實平，似恕而實憤。第三段寫「公道難明，世人多嫌」意，否塞令人愴喟無已。

章行嚴云：

王元美（世貞）於此書微有異議……元美所持之理非不正，子厚豈並此不知？特以參元家富，中於世譏之情形特殊，姑就理致之一方而極言之而已，固非以此作為行事之一般榘範也。固哉元美！以局賅通，大反邏輯規律，至稱「八司馬之黨，宜其及矣」，以風馬牛不相及之事，而妄謂及馬，其識何足以盡覆古今事變也哉？

今案：此篇寫作，最有規矩，亦最可為法者，文分六段，首段為綱，而以「駭」、「疑」、「喜」、「賀」四字，為振拔之語，末段為結束之詞，中間四段，卽為細目，亦卽對首段四字，分別疏釋者，故次段寫「駭」字之因，三段寫「疑」字之由，四段寫「喜」字之緣，五段寫「賀」字之故，而又以「養」「樂」二字，與前文呼應。全文重心，在以反常之事，引入本題，義似突兀，終乃合於激勵之道也。

答韋中立論師道書

二十一日，宗元白。辱書云：欲相師。僕道不篤，業甚淺近，環顧其中，未見可師者。雖嘗好言論，爲文章，甚不自是也。不意吾子自京師來蠻夷間①，乃幸見取。僕自卜固無取。假令有取，亦不敢爲人師。爲衆人師且不敢，況敢爲吾子師乎。

孟子稱：「人之患，在好爲人師。」由魏、晉氏以下，人益不事師。今之世，不聞有師；有，輒譁笑之以爲狂人。獨韓愈奮不顧流俗，犯笑侮，收召後學，作師說，因抗顏而爲師。世果羣怪聚罵，指目牽引，而增與爲言詞。愈以是得狂名，居長安，炊不暇熟，又挈挈而東②，如是者數矣。

屈子賦曰：「邑犬羣吠，吠所怪也。」僕往聞庸蜀之南③，恒雨，少日，日出，則犬吠。余以爲過言。前六七年，僕來南，二年冬，幸大雪，踰嶺，被南越中數州，數州之犬，皆蒼黃吠噬，狂走者累日，至無雪乃已。然後始信前所聞者。今韓愈既自以爲蜀之日，而吾子又欲使吾爲越之雪，不以病乎！非獨見病，亦以病吾子。然雪與日豈有過哉！顧吠者犬耳。

度今天下不吠者幾人，而誰敢衒怪於羣目，以召鬧取怒乎！

僕自謫過以來，益少志慮，居南中九年，增脚氣病，漸不喜鬧，豈可使呶呶者早暮咈吾耳④，騷吾心，則固僵仆煩憒，愈不可過矣。平居望外遭齒舌不少⑤，獨欠爲人師耳。

抑又聞之：古者重冠禮，將以責成人之道，是聖人所尤用心者也。數百年來，人不復行。近有孫昌胤者，獨發憤行之；既成禮，明日，造朝，至外廷，薦笏言於卿士曰：「某子冠畢。」應之者咸憮然⑥。京兆尹鄭叔則怫然曳笏卻立。曰：「何預我耶！」廷中皆大笑。天下不以非鄭尹，而快孫子，何哉，獨爲所不爲也。今之命師者大類此。

吾子行厚而辭深，凡所作，皆恢恢然有古人形貌；雖僕敢爲師，亦何所增加也。假而以僕年先吾子，聞道著書之日不後，誠欲往來言所聞，則僕固願悉陳中所得者。吾子苟自擇之，取某事，去某事，則可矣。若定是非以敎吾子，僕材不足，而又畏前所陳者，其爲不敢也決矣。

吾子前所欲見吾文，既悉以陳之。非以耀明于子，聊欲以觀子氣色，誠好惡何如也。今書來言者皆大過；吾子誠非佞譽誣諛之徒，直見愛甚，故然耳。

始吾幼且少，爲文章，以辭爲工。及長，乃知文者以明道，是固不苟爲炳炳烺烺⑦，務采色，夸聲音，而以爲能也。凡吾所陳，皆自謂近道，而不知道之果近乎，遠乎？吾子好道而可吾文，或者其於道不遠矣。故吾每爲文章，未嘗敢以輕心掉之，懼其剽而不留也；未嘗敢以怠心易之，懼其弛而不嚴也；未嘗敢以昏氣出之，懼其昧沒而雜也；未嘗敢以矜氣作之，懼其偃蹇而驕也⑧。抑之欲其奧，揚之欲其明，疏之欲其通，廉之欲其節⑨，激而發之欲其清，固而存之欲其重。此吾所以羽翼夫道也。本之書以求其質，本之詩以求其恒，本之禮以求其宜，本之春秋以求其斷，本之易以求其動。此吾所以取道之原也。參之穀梁氏以厲其氣，參之孟、荀以暢其支，參之莊、老以肆其端，參之國語以博其趣，參之離騷以致其幽，參之太史以著其潔。此吾所以旁推交通而以爲之文也。

凡若此者，果是耶？非耶？有取乎？抑其無取乎？吾子幸觀焉，擇焉，有餘以告焉。苟亟來以廣是道，子不有得焉，則我得矣。又何以師云爾哉。取其實而去其名，無招越、蜀吠怪，而爲外廷所笑，則幸矣。宗元白。

注　釋

①蠻夷間，指永州柳州等地

②挈，音切，提也，此指提挈其行李而行之貌。

③庸蜀，古國名，庸，春秋時屬楚。蜀，在今四川。屈子賦所云，出懷沙。

④呶，音老，喧嘩聲。咈，與拂同

⑤憒，心亂也。望外，猶言意外。

⑥憮，音武，改容也。

⑦炳炳琅琅，光明之貌。

⑧偃蹇，傲慢也。

⑨廉，分別之也。

析評

韓醇云：

中立，史無傳，新史年表云：「唐州刺史彪之孫。」不書爵位。觀其求師好學之志，公答以數千言，盡以平生為文真訣告之，必當時佳士也。中立後於元和十四年中第。

洪興祖云：

子厚與韋中立書云：「韓愈奮不顧流俗，犯笑侮，收召後學，作師說，因抗顏而為師」云云。報嚴厚輿書云：「僕才能勇敢不如韓退之，故不為人師。」余觀退之師說，非好為人師者也，學者不歸子厚而歸退之，故子厚有此說耳。

蔣之翹云：

其論為師，論作文處，一以嚴謹辨拒，一以端的拈示，然皆舂容詳當，與他書粗鹵矯健者，又自不同。

樓昉云：

看子厚論文三節議論，則子厚平生用力於文字處，一一可考，韓退之及蘇老泉、陳后山，凡以文名家者，人人皆有經歷，但各有入頭處與自得處耳。

汪道昆云：

按羅景綸云：「文章一小技，於道未為尊。」此論後世之文也，「文者載道之器」，此論古人之文也，若子厚此論，方得文章正氣，不然，如巧女之刺繡，雖精妙絢爛，纔可人目，初無補於實用，則後世之文耳。

茅坤云：

子厚書中所論文章之旨，未敢必其盡能如所云，要之亦本於鑱心研神者。而後之為文者，特路剽富者之金，而以誇於天下，曰，吾且猗頓矣。何其不自量之甚也。予故奮袂曰：有志於文，須本之六藝，以求聖人之道，其庶馬耳。

何焯云：

「僕自卜固無取」五句，筆善折，故常語皆道峻，然不應若是之費墨也。吾以為柳子之未遠于六代者，以此。「然雪與日豈有過哉」二句，李云：詞無涵蓄至此。「平居望外，遭齒舌不少」二句，此等語亦何味，但覺其尖薄耳。「古者重冠禮」至「大類此」，李云：繁稱瑣引，子厚修詞之一累，惟昌黎能免是矣。「故吾每為文章」至「而以為之文也」，李云：文章根本之病，作文精微之要，盡于此矣。「抑之欲其奧」二句，對輕。「疏之欲其通」二句，對怠。「激而發之欲其清」，對昏。「固而存之欲其重」，對矜。「本之書以求其實」言實事也。質者道德之本，言其大體。「本之詩以求其恒」，言常理也，恒者性情之常，言其細微。「本之禮以求其宜」，節文之中。「本之春秋以求其斷」，是非之辨。「本之易以求其動」，變通之道。按「未嘗敢以輕心掉之」八句，以心氣言之，此存乎文之先者也。下六句，乃卽臨文言之。抑、揚二句，謂命意也。疏、廉二句，謂布勢也。發、存二句，謂鍊格也。此于逐句反復先後，尤當彼此相成，斯為意不浮，為勢不窘，為格不濫也。「無招越蜀吠怪」，此等收法亦有迹。

張伯行云：

子厚不欲以師道自居，激而憤世疾俗之論，不無太尖刻處。至自敘其所以為文之本，則皆精到實詣，足與韓昌黎並轡中原，有以也夫。

金聖歎云：

此為恣意恣筆之文，恣意恣筆之文，最忌直。今看其筆筆中間皆作一折。後賢若欲學其恣，必須學其折也。

林雲銘云：

師雖不載於五倫，然於人有相成之益，則功在朋友一倫之上。稱其徒為弟子，則分在父兄兩倫之列。檀弓以事親、事君、事師並稱，謂親生之，君治之，師教之，其有賴於一人也。乃古人有師，後世無師者，其故在古人從事於道德，今人從事於文章。古人以道德自治，其甘苦淺深，皆有明訓；今人以文章應世，其優劣取舍，本無定衡，所以不同如此。若論明道之文，是合道德而為文章，別有單微一路，非藉師資無以自致。是書論文章處，曲盡平日揣摩苦心，雖不為師而為師過半矣。其前段雪日冠禮諸喻，把末世輕薄惡態，盡底描寫，嘻笑怒罵，兼而有之。想其落筆時，因平日橫遭齒舌，有許多憤懣不平之氣，故不禁淋漓酣恣乃爾。

孫琮云：

合前後看來，雖是辭為師之名，然已盡為師之實。前半篇，說世人不知有師，已罵盡世人。後半篇，說自己為文，亦是贊盡自己，蓋師以明道，今說己文章所以明道，則是有得乎師之文者，卽得以師之；己雖不言師，而師之能事已盡。一結說出通篇主意，真是全力大量。

儲欣云：

立言苦心，與其自喜處，俱見於此。余嘗謂柳州議論文業與昌黎公相軋，敘事微不及。然讀段太尉狀，亦何減韓也。惜所作者少，而天又不假之以年，否則司馬與班並時生矣。千古足當韓豪者，惟柳州一人。柳不永年，所以南海等碑，讓韓獨步。

蔡世遠云：

此篇當與昌黎答李翊書參看。見古人以文章名家，皆由苦心力索之功。我輩才不逮古人，而用物取精，不能及其一二，偃然欲以文章自命，不亦深可愧哉！顧其自言曰，文以明道。又曰，羽翼乎道。則全未全未。觀其自言讀書苦心，不過以為作文之資，何嘗有探討服行之功。朱子嘗曰：「聖學失傳，天下之士徒以文章為事業。」余更曰：「天下之士，徒以文章為道術也。」蓋漢唐五代之際，人不知道，傑者猶復不免；程、朱以後，而道始明，知讀其書者，便知其體段，但不能加克己力行之功，究竟與道無與耳。然則程、朱之功，誠不在禹下，深有望於立志者。

朱宗洛云：

凡古人行文，必其胸先有主腦，然後下筆。故操縱反覆，雖長至數千百言，總從此主腦處發源。讀人之文者，先尋着主腦處，然後看他用意之緊，用筆之變，用字之有骨，用句之有脈，則我於古人之文，不難心領神會而得其解。如此文雖反覆馳驟，曲折頓挫，極文章之勝觀，然總不出結處「取其實而去其名」一句意。蓋前半極言師之取怪，正見當去其名意；後半自言文之足以明道，正見當取其實意。至中間吾子行厚辭深一段，過脈處，固自泯然無迹也。其入手處，提出師字道字，及為文章云云，則已握住通篇之線，故下文反覆說來，而血脈自然融貫。

陳衍云：

韓退之答李翊書外，專於論文者，莫如柳子厚（宗元）答韋中立論師道書，李習之答王載言書。……案子厚熟於離騷國語，用功甚深，其自言以辭為工者信也。後乃求之於六經、太史、諸子百家，而天資高明，得罪後，勇猛精進，文有作意，不苟為炳炳烺烺，遂與昌黎齊楚競霸矣。然而務采色，誇聲音，固其所素長也。「未敢以輕心掉之」，作文不欲過快，快則單。「未敢以怠心易之」，不欲過慢，慢則散。「未敢以昏氣出之」，不可無持擇。「不敢以矜氣作之」，不可近妝做。「奧」者不欲其太淺顯，「明」者不欲其太晦澀，「疏之」指接筆言，「廉之」指轉筆言，「激而發之」指開筆，「固而存之」指頓筆，此論之甚詳也。「本之書」數句，未見包括的當，不如昌黎「易奇而法」各語，更不如李習之讀春秋讀詩各語。「參之穀梁」數句，亦未的當。穀梁馬得有氣，國語無甚趣，孟荀豈能並論。太史非以潔見長，必從為辭者，皆強作解事也。惟離騷可言幽，老莊可言肆其端耳。

今案：此篇當與韓文公師說及進學解兩篇合看，柳公此篇，既論師道，復論作文。論師道，則與昌黎相反，不欲為人之師，論作文，自述用力之途，則與昌黎相近，蓋昌黎自述致力所在，不過詩、書、易、春秋、莊、騷、史記、子雲、相如而已，柳公所述，種類雖稍過之，然皆不甚多也，從而亦知學為文章，培養根源，要在擇取精當，而不必專務博涉也。

柳子厚墓誌銘

韓　愈

子厚諱宗元，七世祖慶，為拓跋魏侍中，封濟陰公。曾伯祖奭，為唐宰相，與褚遂良、韓瑗俱得罪武后，死高宗朝。皇考諱鎮，以事母棄太常博士，求為縣令江南。其後，以不能媚權貴，失御史。權貴人死，乃復拜侍御史，號為剛直。所與游皆當世名人。

子厚少精敏，無不通達。逮其父時，雖少年，已自成人，能取進士第，嶄然見頭角，衆謂柳氏有子矣。其後以博學宏詞授集賢殿正字，儁傑廉悍，議論證據今古，出入經史百子，踔厲風發，率常屈其座人，名聲大振，一時皆慕與之交。諸公要人爭欲令出我門下，交口薦譽之。

貞元十九年，由藍田尉拜監察御史。順宗卽位，拜禮部員外郎。遇用事者得罪，例出為刺史。未至，又例貶州司馬。居閒，益自刻苦，務記覽，為詞章，汎濫停蓄，為深博無涯涘，而自肆於山水間。

元和中，嘗例召至京師。又偕出為刺史，而子厚得柳州。旣至，歎曰：是豈不足為政邪？因其土俗，為設教禁，州人順賴。

其俗以男女質錢，約不時贖，子本相侔，則沒為奴婢。子厚與設方計，悉令贖歸。其尤貧力不能者，令書其傭，足相當，則使歸其質。觀察使下其法於他州，比一歲，免而歸者且千人。衡湘以南，為進士者，皆以子厚為師。其經承子厚口講指畫，為文詞者悉有法度可觀。其召至京師而復為刺史也，中山劉夢得禹錫亦在遣中，當詣播州，子厚泣曰：「播州非人所居，而夢得親在堂，吾不忍夢得之窮，無辭以白其大人，且萬無母子俱往理。」請於朝，將拜疏願以柳易播，雖重得罪，死不恨。遇有以夢得事白上者，夢得於是改刺連州。

嗚呼！士窮乃見節義。今夫平居里巷相慕悅，酒食游戲相徵逐，詡詡強笑語以相取下，握手出肺肝相示，指天日涕泣，誓生死不相背負，真若可信，一旦臨小利害，僅如毛髮比，反眼若不相識，落陷穽不一引手救，反擠之，又下石焉者，皆是也。此宜禽獸夷狄所不忍為，而其人自視以為得計，聞子厚之風，亦可以少媿矣。

子厚前時少年，勇於為人，不自貴重顧藉，謂功業可立就，故坐廢退。既退，又無相知有氣力得位者推挽，故卒死於窮裔，材不為世用，道不行於時也。使子厚在臺省時，自持其身已能如司馬、刺史時，亦自不斥。斥時，有人力能舉之，且必復用不窮。然子厚斥不久，窮不極，雖有出於人，其文學辭章，必不能自力以致必傳於後如今無疑也。雖使子厚得所願，為將相於一時，以彼易此，孰得孰失，必有能辨之者。

子厚以元和十四年十一月八日卒，年四十七。以十五年七月十日歸葬萬年先人墓側。子厚有子男二人：長曰周六，始四歲；季曰周七，子厚卒乃生。女子二人，皆幼。其得歸葬也，費皆出觀察使河東裴君行立。行立有節概，重然諾，與子厚結交，子厚亦為之盡，竟賴其力。葬子厚於萬年之墓者，舅弟盧遵。遵，涿人，性謹慎，學問不厭。自子厚之斥，遵從而家焉，逮其死不去。既往葬子厚，又將經紀其家，庶幾有始終者。銘曰：

是惟子厚之室。既固既安，以利其嗣人。

祭柳子厚文

韓　愈

維年月日，韓愈謹以清酌庶羞之奠，祭於亡友柳子厚之靈。

嗟嗟子厚，而至然邪！自古莫不然，我又何嗟？人之生世，如夢一覺。其間利害，竟以何校？當其夢時，有樂有悲。及其既覺，豈足追惟？凡物之生，不願為材。犧罇青黃，乃木之災。子之中棄，天脫馽羈。玉佩瓊琚，大放厥辭。富貴無能，磨滅誰紀？子之自著，表表愈偉。不善為斲，血指汗顏。巧匠旁觀，縮手袖間。子之文章，而不用世。乃令吾徒，掌帝之制。子之視人，自以無前。一斥不復，羣飛刺天。

嗟嗟子厚，今也則亡。臨絕之音，一何琅琅？徧告諸友，以寄厥子。不鄙謂余，亦託以死。凡今之交，觀勢厚薄。余豈可保？能承子託。非我知子，子實命我。猶有鬼神，寧敢遺墮？念子永歸，無復來期。設祭棺前，矢心以辭。嗚乎哀哉！尚饗。

祭柳員外

劉禹錫

維元和十五年歲次庚子正月戊戌朔日，孤子劉禹錫銜哀扶力，謹遣所使黃孟萇具清酌庶羞之奠，敬祭于亡友柳君之靈。

嗚呼子厚！我有一言，君其聞否？惟君平昔，聰明絕人；今雖化去，夫豈無物？意君所死，乃形質耳；魂氣何託？聽余哀詞。嗚呼痛哉！嗟余不天，甫遭閔凶。未離所部，三使來弔。憂我衰病，諭以苦言。情深禮至，欵密重複。期以中路，更申願言。途次衡陽，云有柳使。謂復前約，忽承訃書。驚號大叫，如得狂病。良久問故，百哀攻中。涕淚迸落，魂魄震越。伸紙窮竟，得君遺書。絕絃之音，悽愴徹骨。初託遺嗣，知其不孤，末言歸輤，從祔先域。凡此數事，職在吾徒。永言素交，索居多遠。鄂渚差近，表臣分深，想其聞訃，必勇於義。已命所使，持書徑行，友道尚終，當必加厚。退之承命，改牧宜陽。亦馳一函，候於便道。勒石垂後，屬于伊人。安平、宣英，會有還使。悉已如禮，形於具書。嗚呼子厚！此是何事？朋友凋落，從古所悲。不圖此言，乃為君發。自君失意，沈伏遠郡。近遇國士，方伸眉頭。亦見遺草，恭辭舊府。志氣相感，必踰常倫。顧余負纍，營奉方重。猶冀前路，望君銘旌。古之達人，朋友則服。今有所厭，其禮莫申。朝哺臨後，出就別次。南望桂水，哭我故人。孰云宿草，此慟何極？嗚呼子厚，卿真死矣！終我此生，無相見矣！何人不達？使君終否。何人不老？使君夭死。皇天后土，胡寧忍此？知悲無益，奈恨無已。君之不聞，余心不理。含酸執筆，輒復中止。誓使周六，同於己子。魂兮來思，知我深旨。嗚呼哀哉！尚饗。

重祭柳員外文

劉禹錫

嗚呼！自君之沒，行已八月。每一念至，忽忽猶疑。今以喪來，使我臨哭。安知世上，真有此事？既不可贖，翻哀獨生。嗚呼！出人之才，竟無施為。炯炯之氣，戢于一木。形與人等，今既如斯。識與人殊，今復何託？生有高名，沒為衆悲。異服同志，異音同歎。唯我之哭，非弔非傷。來與君言，不言成哭。千哀萬恨，寄以一聲。唯識真者，乃相知耳。庶幾儻聞，君儻聞乎？嗚呼痛哉！君有遺美，其事多梗。桂林舊府，感激主持。俾君內弟，得以義勝。平昔所念，今則無違。旅魂克歸，崔生實主。幼稚在側，故人撫之。敦詩、退之，各展其分。安平來賵，禮成而歸。其它赴告，咸復于素。一以誠告，君儻聞乎？嗚呼痛哉！君為已矣，余為苟生。何以言別，長號數聲。冀乎異日，展我哀誠，嗚呼痛哉！尚饗。

柳文的長處

胡懷琛

柳宗元為唐、宋八家之一。八家的文，當然各有各的特色，現在不能多講，單說一說柳文的長處。

(一)他的思想很自由。　他在唐代，與韓愈並稱。文章是各有長處，若就思想而論，實在是柳勝於韓。因為韓愈單讀「儒書」，見聞自然是不廣，思想也就被束縛了。柳宗元，對於周、秦諸子，讀得很多，並且兼讀「佛書」，因此他的思想很活潑。他的文學作品中，有許多思想很好的。如送薛存義序，闡明民權；天說，近於地質學；斷刑論、貞符二篇，掃除迷信：在那時候，有這種思想，這是韓愈所不及的。

(二)他的考訂文很好。　他既然喜歡讀周、秦諸子，所以對於諸子的研究也很深。他做了許多考訂真偽的文字，如：辯文子、辯列子之類。雖然不及今人的精審，但在他的前後時代，是少有的。

(三)他有很好的寓言。　寓言，在周、秦時本是很發達的；周、秦諸子，幾乎沒一個沒寓言，漢以後，善於作寓言的，就要算柳宗元了。如蝜蝂傳，如三戒，就是代表的作品。雖然有時候是演繹周、秦諸子，然而他的作品，自有價值。因為周、秦諸子的寓言，多是片言隻語，不能成篇；柳宗元的寓言，能獨立成為一短篇，比較的文學意味更是豐富。例如：捕蛇者說，出於檀弓「孔子過太山側」；梓人傳，演繹莊子郭註「工人無為於刻木，而有為於運矩；主人無為於親事，而有為於用臣」；種樹郭橐駝傳，是演繹老子「無為而治」；然一經演繹，便更有趣味了。

㈣他的遊記極好。柳宗元既被貶謫到湖南和廣西，那兩個地方的山水，是很好的，是很奇的，柳宗元雖然受了些辛苦，反而得到遊覽的機會；而他的山水小記，便成為千古絕作。雖在本書裏，曾經指出他有學山海經、水經注的地方，而他却自成格局，有獨立的價值，可推為遊記之祖。後來人描寫風景的遊記，都不能超出他的範圍以外。

以上，柳文的長處，說完了。再有一件事，我們應該知道。就是：他的詞賦，和楚辭也有很深的關係。這是因為他的境遇和屈原相似，他所利的地方，又和屈原相同；所以他的辭賦，和楚辭的關係很深。不過在他的全體文學作品中，辭賦並不算好；他的最好的作品，還是考訂文，寓言，遊記。

引用諸家姓名及資料來源對照表

王世貞——引見蔣之翹輯注唐柳河東集
王　昊——引見山曉閣選唐大家柳柳州全集
王慎中——引見蔣之翹輯注唐柳河東集
王　鏊——引見蔣之翹輯注唐柳河東集
方　苞——引見蔣之翹輯注唐柳河東集
朱宗洛——見古文一隅
呂祖謙——見古文關鍵
李廷機——引見蔣之翹輯注唐柳河東集
李性學——引見蔣之翹輯注唐柳河東集
李厚庵——引見高步瀛唐宋文舉要
李剛己——引見高步瀛唐宋文舉要

李開鄴、盛符升——引見文章正宗
汪武曹——引見高步瀛唐宋文舉要
汪　基——見古文喈鳳新編
汪道昆——引見蔣之翹輯注唐柳河東集
何孟春——見餘冬敍錄
何　焯——見義門讀書記
余　誠——見古文釋義
沈德潛——引見唐宋八大家文格纂評
林希元——引見蔣之翹輯注唐柳河東集
林　紓——見韓柳文研究法
林景亮——見評註古文讀本
林雲銘——見古文析義
吳子良——見荊溪林下偶談
吳汝綸——引見高步瀛唐宋文舉要

吳楚材、吳調侯——見古文觀止
吳闓生——見桐城吳氏古文法
金聖歎——見古文評註補正
邱維屏——引見文章軌範
邵　博——見邵氏聞見後錄
邵　寶——引見蔣之翹輯注唐柳河東集
馬　位——見秋窗隨筆
茅　坤——見唐宋八大家文鈔
姚　範——見援鶉堂筆記
洪興祖——引見蔣之翹輯注唐柳河東集
洪　邁——見容齋隨筆
徐幼錚——引見高步瀛唐宋文舉要
徐善同——見藏室讀書記
孫　琮——引見山曉閣選唐大家柳柳州全集

孫　鑛——引見山曉閣選唐大家柳柳州全集
浦二田——引見唐宋八大家文格纂評
唐順之——見唐宋八大家文格纂評
常　安——見古文披金
陳天定——見古今小品
陳仁錫——引見蔣之翹輯注唐柳河東集
陳長方——見步里客談
陳　衍——見石遺室論文
章行嚴——見柳文指要
章懋勳——見古文析觀解
張伯行——見唐宋八大家文鈔
張侗初——引見山曉閣選唐大家柳柳州全集
張裕釗——引見高步瀛唐宋文舉要
許應元——引見蔣之翹輯注唐柳河東集

黃　唐—見柳文雌黃
黃　震—見黃氏日鈔
區大典—引見唐宋八大家文格纂評
童宗說—引見新刊增廣百家詳補注唐柳先生文集
過　珙—見古文評註
楊維楨—引見蔣之翹輯注唐柳河東集
虞　集—引見蔣之翹輯注唐柳河東集
蔣之翹—見所輯注唐柳河東集
蔡世遠—見古文雅正
蔡　鑄—見蔡氏古文評註補正全集
樓　昉—引見蔣之翹輯注唐柳河東集
劉大櫆—引見高步瀛唐宋文舉要
劉辰翁—引見蔣之翹輯注唐柳河東集
劉熙載—見藝概

盧元昌——引見山曉閣選唐大家柳柳州全集
鍾　惺——引見山曉閣選唐大家柳柳州全集
謝枋得——見所批選文章軌範
韓　醇——引見新刊增廣百家詳補注唐柳先生文集
歸有光——引見蔣之翹輯注唐柳河東集
儲　欣——見唐宋文醇
羅大經——引見蔣之翹輯注唐柳河東集
蘇　軾——引見高步瀛唐宋文舉要
顧迴瀾——引見謝枋得文章軌範

國家圖書館出版品預行編目資料

柳文選析

胡楚生編著. – 初版. – 臺北市：臺灣學生，2020.07
面；公分

ISBN 978-957-15-1774-2 (平裝)

844.15　　　　107011960

柳文選析

編 著 者　胡楚生
出 版 者　臺灣學生書局有限公司
發 行 人　楊雲龍
發 行 所　臺灣學生書局有限公司
地　　址　臺北市和平東路一段 75 巷 11 號
劃撥帳號　00024668
電　　話　(02)23928185
傳　　真　(02)23928105
E-mail　student.book@msa.hinet.net
網　　址　www.studentbook.com.tw
登記證字號　行政院新聞局局版北市業字第玖捌壹號
定　　價　新臺幣四八〇元
出版日期　二〇二〇年七月初版
ISBN　978-957-15-1774-2

84410　